JN335850

英・米・アイルランド
短編小説集

残響

小田 稔［訳］

九州大学出版会

目次

英・米・アイルランド短編小説集

残　響

コルドール

ウォールター・マッケン

THE COLL DOLL

Walter Macken

ウォールター・マッケン
(1915-1967)

アイルランドの代表的な長・短編小説家兼劇作家。ゴールウェイに生まれる。現実をリアリスティックに捉えながら、母国の文化を広く世界に紹介した。著作多数。カトリック系の学校に通うが、十七歳のとき、ゲール語で書かれた作品が上演されている劇場で、俳優兼プロデューサーを務める。一九四六年、自作のドラマがダブリンのアベー座で成功すると、母国及びロンドンの劇場とかかわるようになる。一九三七年、ロンドンへ出るが、第二次大戦勃発直前に母国へ帰り、故郷とダブリンの劇場で働く。一九五〇年、小説『風雨』が図書館協会賞を受賞して大成功を収めると、生地から約三〇キロ北西にある町ウータラードに定住し、そこで以降の作品を書き上げる。秀作「コルドール」は、一九六九年に出版された『コルドールとほかの物語』に収録されている。

(注)コルドールとは、伝統的な民族衣装を纏《まと》ったアイルランド少女の人形。

今日は三月の月曜日、朝が来たというのに何もすることがなく、ほんとに、退屈でたまらなかった。朝はちゃんと起きている。朝ごはんを食べ、仕事に出かける準備はしているが、土曜日に首を切られてしまったので、出かけていくにも仕事がない。しかし、首を切られたことは、まだ父にも母にも伝えていない。両親を含め、家には十一人いるから、自分の言いたいことを聞いてもらうためには、四六時中、大声を出していなければならない。あの現場監督にやられた。あいつは俺《おれ》を嫌っていた。俺はきれいにしていたいし、身なりも整えておきたい。これは俺の問題であって、他人にとやかく言われる筋合いのことじゃない。たとえ工場で働いているとしても、年がら年中、石炭かつぎのようなりはしていたくないものだ。仕事着はきれいにしておきたかったし、髪の毛もきちんとしておきたかった。余計なお節介は焼いてもらいたくなかった。

しかし、あの野郎、俺のことをさんざん嘲《あざけ》りやがった。俺のことを《ブリリアンティーン・ボーイ》〔ブリリアンティーンとは、頭髪艶出し用化粧品の名称〕と言っていた。《卑しいえせ紳士》とも言っていた。体の大きい、がっしりした奴《やつ》だったが、大いにこらしめてやった。俺に意地悪をしようというつもりはなかったんだと思うが、あいつは半分人間の姿をした、図体《ずうたい》のでかい間抜け猿としか言いようがない。

俺は十九歳になっている。だから、土曜日に、鋤《すき》の取っ手であいつをぶん殴ってやった。こういうことをするべきではなかった、ということは分かっている。あいつは頭も鈍いが、頭蓋骨《ずがいこつ》の方も同じくらい鈍いから、大してダメージは受けなかった。しかし、俺は何の申し立てもできなかったし、解雇を言い渡されたとき、誰も涙を流してくれなかった。

家族にこういうことを話すのはつらい。分かってもらえるのは、家に入ってくる金が少なくなる、ということだけだ。わずか十九歳だとしても、人にはそれぞれ自尊心があり、しかも、その自尊心を守る権利が与えられているということは、分かってもらえない。

俺は父が大好きだ。元気だ。仕事を終えて帰宅すると、顔を洗ってパブへ出かけ、友だちと一緒に二、三杯やりながら夜を過ごす。こういうことの繰り返しだ。一、二回ぐらいは拳骨《げんこつ》を食らわすことがあるが、ほとんどの場合、俺たちを静かにさせるために怒鳴りつける程度だ。母も元気だ。しかし、生んでは途中で二、三人亡くしながら、家の中が一杯になるほどの子供を世話していると、暖炉のそばに腰を下ろして子供たちの挫折《ざせつ》のことを話し合う時間など、あるはずがない。分かるだろう？——俺の言ってること。

工場で働くのは嫌だった。俺は小学校〔プライマリー・スクール。五歳から十一歳までの者に義務教育を施す公立学校〕から奨学金を貰い、中等学校〔セカンダリー・スクール。十一歳から十六歳までの者に義務教育を施す公立学校〕に進んで二、三年は通ったが、途中で諦《あきら》めて仕事に就かなければならなかった。家で金が必要だった。貰える見込みのあった賃金の喪失を埋め合わせるために、両親にも奨学金のようなものが与えられないんだったら、俺みたいな者が奨学金を貰ったところで無駄なことだ。

こういう訳で、見方によれば、俺は普通の半分も教育を受けていなかった。州立図書館から借りた本をむさぼるように読んで埋め合わせをしようと努力したけれど、目的のない読書をしているような思いがするものだ。心が同時に幾つもの方向に向かい、手に負えなくなってしまう。ストロー一本で、大海を吸い込んでいるようなものなんだ。親しくしている仲間は、俺にスコル〔奨学金（scholarship）をもじってスコル（Schol）としたもの〕という綽名《あだな》を付け、俺の知識に敬意を払っているような振りをしているが、からかっているだけだ。自分の知識がどれほど限られたものであるかは、自分でもよく分かっている。だから、俺は知識に憧れる。しかし、今のところ、どうしたらいいのか分からない。全く分からない。後から次々に生まれくる弟たちを、父と俺の稼ぎで食べさせたり、着せたりしてやらねばならないのに、今、俺の稼ぎはゼロだ。

そこで、俺は郊外へ散歩に出かけた。ただ時間をつぶすために、自然の風物とやらを少しばかり眺めてみよう、と思った。皆さん、知ってるだろう――今時こういうことをするような者はいない、ということを。このごろ俺たちが一人残らず履いている靴が、窮屈なせいだろう。見せびらかしたり、ダンスをしたりするためには結構だろうが、散歩をするためにそういう靴を使うことはめったにない。使うとしても、街の通りをあちこちぶらつくためだけで、それを散歩などとは言えない。

太陽がさんさんと輝いている、うららかな日だった。日の光を浴びながら絶えず喜びの微笑を浮かべている海は、幸せそうに見えた。湾の向こう側にある丘には霧がかかり、種々に彩られていた。月曜日の朝遊歩道で散歩というのは、当たり前ではなかった。教会のミサに出かけているおばあさんが

二、三人いるか、もう働く年ではない年配の人が犬に散歩をさせたり、パイプをくゆらせながらベンチに腰掛けたりしているだけだった。

罪を犯しているような思いがしてならなかった。心が落ち着かなかった。〈月曜日の朝は、遊歩道をぶらつくんじゃなく、仕事をして金を稼いでいなくちゃならない。畜生、どうだっていいや！〉砂浜に跳び下り、海に向かって石ころを二、三個投げた。もっと先へ行ったところで平たい石を拾い、穏やかな海面をかすめるように投げ、何回飛ばすことができるか、数えてみた。石が沈むまでに十一回というのが、最高の出来だった。

そのとき、散歩をしている人たちの目が俺に注がれ、「月曜日の朝だというのに、あんな若者が砂浜で何をしてるんだろう？　なぜ働かないいんだろう？　なぜ出稼ぎに行かないんだろう？」と言っているような気がした。俺を、俺の服装を、俺の姿を全部見れば、一目で、俺が金持ちの息子でないことが分かるだろう、と思った。

だから俺はそこを逃げ出し、人目につかないところを探すことにした。家やホテルの窓ですら、俺に向けられている非難の目のように思われた。俺は遊歩道を出た。そして、海を離れ、丘を上ったり、下ったりしている曲がりくねった道を歩いていった。小川を何本か渡って木立を通り抜け、くぼ地へと下っていった。ここでしばらく橋に寄りかかり、石を洗いながら流れている澄んだ水をじっと見つめた。すると目の前に、俺をかくまってくれる森の隠れ家――日光が枝の間から突き刺すように差し込んでいる林間の空き地が見えてきた。そこへ入り込んでいって草の上に寝そべり、いつまでもじっとしたままま、せせらぎの音だけに耳を傾けていると気持ちがいいだろうなあ、と思ったのだが、丁度そのとき、大きな赤牛が一頭、ミルク瓶の権化みたいな牛が一頭、空き地のど真ん中に足を踏み入れ、ペタッ、ペタッ、ペタッと平べったいやつを落とし、何もかも台無しにしてしまった。人生そっくりだ、と思った。おかしくなって吹き出した。そして、そこを立ち去った。

このころには、靴がきつくて足が痛くなってきていた。きついところを緩めるために、立ち止まってつま先をもじもじさせなければならなかった。〈残念ながら、俺は何年も昔のように若くはない。若いころは素足で歩き回り、ついには、足の裏が皮みたいに頑丈になってきた。靴を持っていなかったから、必要に迫られて、そういうことになった。今の若者たちは、素足で歩くくらいなら死んだ方がましだ、と思っている。これもまた、進歩というものなんだろう〉このときの俺は、間違いなく、百歳になっているみたいな考え方をしていた。

砂の小道が見えてきたので、向きを変えてその道を下っていった。荷馬車の車輪の跡が深く刻まれている、ひっそりとした小道のようだった。両側に乾いた石壁があり、曲がりくねりながら海へと向かっていた。俺にうってつけの道だ、と思った。砂が足に柔らかく感じられた。

小道が終わると、岩をちりばめた海岸が開け、目の前には海があった。そこには、気持ちを引き立たせてくれる物とか海草の放っている強い香りが漂っていた。砂浜もあった。遥《はる》かかなたの突端には、崖《がけ》が垂直にそそり立ち、崖の背は緑の絨毯《じゅうたん》で覆われているようだった。絨毯の上では、羊が草を食べていた。今度こそ居場所が見つかった、と思った。そして、そこを目指して進んでいった。

ここにいるのは俺と小鳥だけだ、と思いながら、砂浜を途中まで歩いていったとき、突然、岩陰から少女が出てきてぶつかりそうになった。たぶん、少女は岩に隠れて靴とストッキングを脱ぎ、それから、砂浜を一っ走りしようと思って出てきたところだったんだろう。

「あっ、ごめんなさい」

と、少女はびっくりしながら言った。

少女の足はとても小さかった。そして、砂浜とほとんど変わりがないぐらい、色が白かった。

俺をじっと見つめたときの少女の顔には、恐怖の色が浮かんでいた。〈そうだろう。こんな時間に、こんなところで、俺みたいな男に出会うなんて、当たり前じゃなかろう。俺が何をしようとしてると思ってるんだろう？　自己紹介もしないでいきなり襲いかかり、強姦《ごうかん》しようとしてる、とでも思ってるんだろうか？〉おそらく十七歳ぐらいの、素敵な少女だった。ほんとに素敵な少女で、その少女を見ていると、箱に入れてショーウィンドーに飾られている、あのコルドールを思い出してしまった。髪は黒く、丸顔だった。そして、ぱっちりした青い目が、ふさふさした黒いまつ毛で縁取られていた。アコーデオンの蛇腹のような、ゆったりとしたスカートをはき、白いブラウスと黒いカーデガンのようなものを着ていた。このすべてが、同時に目に入ってきた。少女が顔に浮かべている恐怖の色を見て腹が立ったので、意地悪を言ってやろうかと思ったのだが、止めた。「すみません」と言いながら、二度と少女には目をくれないままそばを通り過ぎ、崖を目指して進んでいった。崖を目指しながら、俺は心の中でこう思っていた。〈世間の人たちは、相手を見るなり、言葉の訛《なまり》と着ている物でその人をすかさず評価し、《危険》とか《劣等》というレッテルを貼《は》りつけた箱に放《ほう》り込んでしまう。相手に話しかけることすらしないで！〉

崖の天辺に到着するには、およそ五分かかった。天辺で伸び伸びと寝そべり、青空の白い雲をじっと見つめていた。

たぶん、眠気をこらえきれず、うとうと眠り込んでいたんだろう。しかし、事情はどうであれ、そのとき悲鳴が聞こえてきた。海鳥は子供のような鳴き声を出すから、最初は海鳥だと思ったのだが、起き上がって海岸の方を向き、見下ろしてみた。例の少女が、座り込んだまま、片方の足を抱えていた。崖の天辺からも、白い砂浜を背景に、真っ赤な血が目に入ってきた。〈やっぱり足の怪我か。ざまあ見ろ！〉こう思いながら、また寝そべりかけたのだが、少女が俺の方をじっと、まっすぐ見上げているので、寝そべることができなかった。起き上がって崖を駆け下り、崖が終わったところにある柵《さく》を跳び越え、砂浜に跳び下りた。

少女の顔は青ざめていた。小さな手で血だらけの足の腹を抱え、指は真っ赤になっていた。

両膝をついて少女の足を片方の手に取ってみた。ひどい怪我だった。足の両端をぎゅっと押しつ

け、傷口をふさいだ。そして、

「どうしたんですか？」

と尋ねた。

「ビンのかけらを踏んでしまったんです」少女は答えた。「あまりひどくはないでしょうね？」

このときも少女は確かに怖がっていたが、その怖がりようは、最初に出会ったときの怖がりようとは違っていた。三針縫わないと、傷口はふさがらないだろう、と思った。

「大したことはありませんよ」俺は少女にこう言ってやった。「実際よりもひどく見えるもんです。一針縫えばふさがるでしょう」

「出血で死んでしまうようなことはないでしょうか？」

少女の頭を軽くなでてやりたいような思いがした。

「いや、そんなことはありませんよ。そんな心配は全くありません。あなたを抱えて水際まで連れていってあげますから、傷口を洗いましょう」

俺は少女の体を両腕で抱えた。あまり重くはなかった。少女はちっとも抵抗しなかった。俺は水際まで少女を抱えていった。砂浜に一筋の血痕が残った。

水際で少女を降ろしてきれいなハンカチを取り出し、砂の混じっていない海水を見つけて傷口をすすいだ。ぎざぎざの深傷《ふかで》で、大量に出血していたが、出血しているというのは、いいことだった。海水でぬらしたハンカチを少女にあげた。

「これで両手についてる血をぬぐって」

と言うと、少女は、言われた通りに、ハンカチで両手の血をぬぐった。少女はまだ顔を真っ青にしたまま、ぶるぶる震えていた。俺は、

「これまでに怪我をしたことはないんですか？」

と尋ねた。

「いいえ、一度も。とげの切り傷くらいはありますけど」

「あなたが思っているほどひどくはありませんよ。だけど、大通りに出て、病院まで乗せてもらえる車が見つからないかどうか、やってみましょう」

「とても親切にしてくださいますのね」

ハンカチを受け取って海水で洗い、少女の足の周りにしっかり縛りつけた。少女はぐっと息を呑み込んでいたから、痛かったんだと思うが、きつく縛っておかねばならなかった。

「靴やそのほかの持ち物は、どこに置いてあるんですか？」

と訊《き》くと、

「あの岩の裏に置いてあります」

と、少女はその方向を指さしながら答えた。俺は少女のそばを離れ、そこへ行ってみた。ぐるぐる

丸めたストッキングを押し込んである小さな靴が、置いてあった。その靴を手に取って、片方ずつ、それぞれ上着のポケットに突っ込み、戻ってきた。

「さあ、あなたを抱えていかなくちゃなりませんね」

「あまり重くはないでしょうね？」

俺は少女をやすやすと持ち上げた。

「首にしがみついて」

少女は両方の腕を俺の首に回した。その分、荷が軽くなった。

「王様の話をしてあげよう」

王様のこの話、誰だって知ってるだろうが、王様は大の狩好きで、ほかの人たちから褒めてもらいたがっていた。しかし、ある女官が、誰だって訓練を積めば、どんなことでもできるようになるでしょう、と言ってしまった。これを聞いて気を悪くした王様は、その女官を殺してしまうよう、森番に命じたのだが、森番は女官を殺さず、森の自宅にかくまった。家の外側に階段があった。女官は、毎日、小さな子牛を抱え上げては肩に乗せ、階段を上ったり、下りたりした。子牛はどんどん大きくなり、とうとう、とても大きな雄牛になってしまった。しかし、訓練のおかげで、巨大な牛を担いだまま、女官は階段を上ったり、下りたりすることができるようになった。ある日、そこへやって来た王様は、この様子を目にして、自分の犯した過ちに気がついた、という話をしてやった。

「何ですって？　わたし、牛ですの？」

少女がこう訊くので、俺は吹き出してしまった。青ざめた色が、幾らか、少女の顔から消えかけていた。

「そんなことはありませんよ。王様の話で、僕の言いたいことを分かってもらいたかっただけですよ」

「しょっちゅう、女の子をこんなにして抱えていらっしゃるんですか？」

「しょっちゅうなんてことはありませんよ。あなたが初めてです」

「あなたは血とか、切り傷は怖くないんですね？」

「右足を十四針縫ったことがありますからね」

「どうしてそういうことになったんですか？」

「機械が故障したんです。しかし、そんな傷、何でもありませんよ。僕の家と同じ通りにいる方で、四十八針縫った人を知ってますからね」

と、俺は答えた。

「四十八針ですって！」

少女は大声を出した。

酒の持ち寄りパーティ、それも、殴り合いの揚句、酒瓶を叩き割ってしまう、というパーティらしからぬパーティになってしまったので、四十八針も縫わなければならない羽目になった、ということは話さなかった。

「そうです。だから、足の裏の一針なんて、あまりひどいとは思われないでしょう」

「そうですわね。死んでしまうんじゃないかと、心配してました。馬鹿げてますね。あなたがあそこにいてくださって、わたし、とても運が良かった」

よく聞いてもらいたい——話したいことがあるんだ。生まれてから今までの人生で、このときほど幸せな思いをしたことはなかった。俺は少女を笑わせた。ずきずき痛んでいたことだろうが、少女に傷のことを忘れさせてやった。妹と弟たちのこと、その妹と弟たちがしでかしたたわいないことを、少女に話して聞かせた。少女には姉も妹も、また、兄も弟もいなかったので、俺は少女と心を一つにしているような思いがした。俺は少女を両腕に抱えていた。少女の体の柔らかさ、俺の片方の頬にかかる少女の息、俺の額をかすする少女の柔らかい髪など、すべてを感じ取ることができた。いや、俺が感じ取ることができたのは、こういうものではなかった。正確に言うと、俺が感じ取ることができたのは、あの道を登っていくとき、俺たち二人が、いわば一人になっていた、ということだった。俺の言いたいことが分かってもらえるだろうか——実現不可能な夢が実現しているような思いがしたんだ。少女は俺に好意を寄せてくれた。俺はただ俺であり、少女は、腕、足、心臓のように、ただ俺の体の一部となっていた。俺の言ってることが分かってもらえるだろうか？　すべては、太陽が昇ったり、沈んだりするのと全く同じで、そうなる運命、そうなる定めになっているんだ、と俺は思った。このとき、首を切られた理由が分かった。何かを探しながら、何かを探索しながら人気のないところをぶらついた訳が分かった。そして、その何かを見つけ出したのだった。地面から一フィート〔約三〇センチ〕浮き上がって歩いているような思いがした。人生においてこういうことが起こるのは、めったにないんじゃなかろうか？

見つけ出したものは、俺のそばを離れなかった。通りかかった最初の車に乗せてもらった。黒い口ひげを蓄え、頭の禿《は》げた年配の人だった。もちろん、少女はかわいかった。だから俺は、車に乗せてもらうためだったら、頬にひげが生えるまで、旅回りをしているジプシーの箱馬車〔『アイルランド』主として炊事用具の修理をしながら、田舎を回っている〕が手も貸してくれずに通り過ぎていくまで、路傍で待ち続けていたことだろう。しかし、こういうことは、どれもこれも、どうだっていいことだった。少女が、本当に、俺に一緒にいてもらいたがっていたからだ。俺がいることで、少女は慰められていた。少女は俺の手にすがりついていたし、俺は少女の足を膝に載せていた。

病院でも、少女は俺を離そうとしなかった。治療をしてくれる部屋まで、一緒に入っていかなければならなかった。子供のころから、この部屋のことはよく知っていた。あちこち切り傷や打撲傷を負っていた俺たちとか、スプーンや骨などを飲み込んでいた者にとり、この部屋が事実上第二の我が家となっていたからだ。

少女は破傷風の予防注射というやつをしてもらった。そして、傷口を縫い、包帯をしてもらったのだが、その間ずっと、俺は少女の手を握っていた。処置がすんでから、

「あなたを家まで送り届けるタクシーを拾ってくるから、ここで待っててくださいよ」

と言うと、少女は、

「早く帰ってきてくださいね。きっと帰ってきてくださいね」

と言った。ほんとに、こう言ったんだ。

建物の外に出てみた。客を降ろしたばかりのタークが、丁度車の向きを変えて走り去ろうとしているところだったので、タークに向かって口笛を吹いた。すると、エメラルドのように透き通ったその音を聞きつけて、タークが引き返してきた。

「どうした、スコル? 何をたくらんでるんだ? お前の口笛だったら、一マイル〔約一・六キロ〕離れたところからだって分かるさ」

「生意気な口答えはよせよ、運ちゃん。そこにいてくれ。お客さんを連れてくるから」

「分かった。だけど、運賃は誰が払う? お前のお客さんは、いつだって、ただ乗りじゃないか」

俺は石段を下りて、タークのところへ行った。手には一杯コインをつかんでいた。

「あぶく銭《ぜに》はその中から取ってくれ、スクルージ〔チャールズ・ディケンズ作『クリスマス・キャロル』の主人公の名前。大の守銭奴として知られる〕」

その金をじっと見つめながら、タークは、

「払えるじゃないか。これならいい。お前を信用するよ」

と返事をした。

それから、俺は少女のところへ引き返していった。

このときには、少女は抱えなくてもよくなっていた。怪我をしていない方の足には靴を履いていた。そして、廊下を通って外の石段のところまで少女を乗せていくための車椅子が用意されていた。

しかし、石段からタクシーまでは、俺が少女を抱えて運んだ。タークはとても驚き、大きな体を車から出して後ろのドアを開けてくれた。俺は少女を座席に降ろして車に乗り込み、少女のそばに座った。少女はずっと俺の手をつかんでいた。

「お嬢さん、どちらへ?」

と、タークが少女に尋ねた。このときうれしかったのは、少女がちゃんとしたお嬢さんだということがタークに分かり、タークが少女を丁重に扱ってくれたことだった。もし分からなかったとすれば、タークは何かはしたないことを口走っていたことだろう。少女がタークに行き先を告げた。

少女は俺をじっと見つめていた。

「さあ、これで全部終わった。あまりひどくはなかったでしょう?」

「そうですね。私のためにこんなにいろいろしていただき、お礼をするにはどうしたらいいんでしょう?」

どう答えればいいのか、分からなかった。思いもよらないことを訊かれ、あわてて喉が詰まってしまった。俺がこういうことになるなんてことは、めったにない。事件が起こってからずっと、少女が俺にぴったり寄り添っている間ずっと、俺の心の中に邪念が浮かんだことは、ほんとに一度もなかった。俺の言いたいことが分かってもらえるだろうか？　すべてが人生における清らかな、美しいものの一部だった。血、大きな切り傷、病院、消毒薬——こういうものがあるから変に聞こえることは分かっているのだが、それでも、清らかで、美しいものだった。それに、ただの夢でもなかった。現実の人生と同じように、本物だった。

車が開け放たれた鉄の門をくぐって中に入り、曲がりくねった短い車道を進んでいくまでの時間は、とても短いように思われた。登っていく石段のある家、窓が幾つもある、大きなすばらしい家だった。少女を車の外へ出して抱え上げ、そのまま戸口まで石段を登っていった。戸口がさっと開くと、とても立派な服装をした白髪の婦人と、黒いドレスに白い小さなエプロンをかけた女中が出てきた。

「まあ！　どうしたの？　一体、何があったの？」

と、その婦人が尋ねた。

「海岸にいたとき、ビンのかけらを踏んで足を切ってしまったの。この方がとても親切にしてくださったわ。わたしを病院へ連れていき、家まで送り届けてくださったの」

「まあ、かわいそうに！」

と言いながら、夫人は少女を引き取って抱きしめた。それから、少女の肩越しに俺を見つめた。上から下まで見つめながら、

「それは、どうもありがとうございました。ジューリア、中に入って財布を持ってきてちょうだい」

と言った。

母のこの言葉に仰天した少女は、

「お母さん！」

と言ったのだが、間に合わなかった。何もかも一瞬のうちにぶち壊されてしまった。

俺のポケットには、少女の片方の靴とストッキングが入ったままになっていた。取り出して母親の手の中に置くと、向きを変えて石段を下り、車に飛び込んでタークの隣に座った。そして、大きな声で、

「ここを出ていくんだ！」

と、タークに言った。タークはギヤを入れ替えて車を走らせた。

「行かないで！　行かないで！　お願いだから、帰ってきて！」

という声が聞こえてきたが、何の役に立とう？　目から鱗《うろこ》が落ちてしまった。母親の目に映った自

分の姿が見えてきた。手を伸ばして財布を取ろうとしている自分の姿が見えてきた。蜘蛛《くも》の巣は小枝一本で目茶苦茶にしてしまうことができる。大きな巣でも、跡形もなくぶち壊してしまうことができる。しかし、蜘蛛は後から戻ってきて、巣を作り直すことができる。しかし、俺たちは蜘蛛ではない。口を利かずに黙っているかもしれないが、鼻先に突きつけられたものは、ちゃんと見える。ひどく殴られたような思いがした。以前喧嘩《けんか》をして殴られたことはあったが、ノックアウトされたことは一度もなかった。しかし 今度は、ほんとにノックアウトされたみたいになっていた。

その後のことは、あまり覚えていない。

俺たちはパブにいた。遅い時間だった、と思う。俺のほかに何人かいた。タークもいた。すると、タークの話し声が聞こえてきた。「スコルが砂浜で人形を抱えてたよ。本物の人形だぜ。俺のタイプのコルドール、本物の素敵なお人形さんをな。そこで、知りたいことがあるんだ。スコルはあのお人形さんを砂浜に転がしたろうか？」と言っていた。

だから、俺はタークを殴った。タークが俺を殴った。ほかの誰かが俺を殴った。俺はそいつを殴った。それから、警官がやって来たので、俺は奴らを殴った。奴らは俺を警棒で殴った。俺は戦った。手当たり次第に殴りつけてやった。

今、俺は警察署の奥にあるのらくら部屋〔留置所のこと〕に入っている。酔ってはいない。病気にかかってる。しかしこの病気は、奴らが考えているような病気じゃない。病気にかかってるのは、心だ。心が病気にかかってるんだ。だから俺は、この部屋の床几を手に取って、ドアをどんどん叩《たた》き始める。たぶん奴らは、俺をもう少し静めるためにやって来なくちゃならなくなるだろう。そうしてもらいたいところだ。俺の話を聞いてくれる人が、ほんとに一人もいないんだから。あの少女は、いつまでも、俺のそばにいてくれるだろう。いや、そういうことは絶対にあり得ないだろう――俺が生まれ変わらない限り、そして、あの少女が生まれ変わらない限り。だが、忘れることができない。燃え盛る思いに、俺の胸は焼き尽くされていくような思いがする。それなのに、俺の話を聞いてくれる人が一人もいない。ただの一人もいない。この広い世界に一人もいない。理解してくれる人が一人もいない！　分かってくれる人が一人もいない！　信じてくれる人が一人もいない！

傷ついた海鵜

リーアム・オフラハティ

THE WOUNDED CORMORANT

Liam O'Flaherty

リーアム・オフラハティ
(1896-1984)

アイルランド、アラン諸島の寒村に生まれる。小説家・批評家・シナリオライター。聖職を志してカトリック系の学校からダブリン大学へ進む。一九一五年に退学して第一次大戦に参戦。負傷して神経症を患い、一九一八年に兵役免除。しばらく故郷に帰るが、その後、中東、カナダ、米国、ブラジルなどを漫遊し、炭鉱夫、漁師、銀行員など、様々の仕事を体験する。一九二一年、共和制を支持してアイルランド内乱に参加。翌年、失業問題への抗議運動に参加するが、失敗してイングランドへ亡命、著作に専念する。暴力、衝動、貪欲、残虐が渦巻く現実の中で、悲観に陥ることなく、自然主義的な筆致で、淡々と生の意味を探る。長・短編小説、自伝、評論など、多くの著作物がある。受賞した賞の中には、アカデミー賞も含まれる。「傷ついた海鵜」は、一九三七年に出版された『リーアム・オフラハティの短編小説』に収録されている。

灰色をした巨大な崖《がけ》クロハ・モー〔アイルランド沿岸に設定されている架空の断崖。「モー(mor)」とは、アイルランド語で「大きい」という意〕の下では、白いカサガイが点々と張りついている黒い方形の岩が、海の中にどっしりと座り込んでいた。岩の周りには、波が白い泡を立てながら打ち寄せたり、引いたりしていた。打ち寄せてくると、波は岩の縁に生えている海草を巻き上げ、曲がりくねった赤色の長い房が、白い泡の中を、幾筋もの血の流れのように、岩肌に広がっていった。引いていくと、海草は潮に吸い込まれ、その房は球根状の根元から真っ直ぐにぴんと張り詰めていった。

物音一つ聞こえてこなかった。真昼時だった。海は穏やかだった。ロックバード〔ウミガラス、ウミバト、ツノメドリなど、北太平洋、北大西洋、北極海、ベーリング海に広く分布し、海に面した断崖の岩棚、岩陰、洞穴に集団営巣する海鳥の総称。我が国では、その鳴声から「オロロン鳥」として知られるウミガラスが、北海道北西部の日本海に浮かぶ天売島（てうりとう）で観察されている〕が、くちばしを丸々とした白い胸元に置いたまま、海の面《おもて》で眠っていた。背の高いウミカモメは、崖の高いところにある岩棚で、片足で立ったまま、まどろんでいた。大きな岩の上には、黒い海鵜の群れが休んでいた。長い首を上下にひょいひょい動かしながら、膨《ふく》らんだ喉から食べ物を飲み込んでいた〔海鵜は水中で魚を捕まえ、浮上後に飲み込む〕。

崖の天辺で、黄色いヤギが一頭、じっと海を見下ろしていた。急に恐怖感に襲われたのか、ヤギは鼻を鳴らしながら向きを変え、そそり立つ岩山の方へさっと駆けていった。向きを変えるとき、蹄《ひづめ》が平たい石を一つ、崖の縁からはがしてしまった。石はぐるぐる回りながら、海鵜の群れが休んでいる岩へ落ちていった。石は群れの間に落ちて砕け、幾つかの断片となって飛び散った。海鵜の群れはさっと舞い上がった。飛び立つとき、石の欠けらが一羽の右足に当たった。足が折れてしまった。傷ついた海鵜は甲高い悲鳴を上げ、右足を垂らした。岩を離れて沖へ飛んでいくとき、その足は折れ曲がったままぶら下がっていた。

海鵜の群れは、遠くへは飛んでいかなかった。岩の縁を通り過ぎると、すぐに海中へ真っ逆様に潜り込んだ。首を伸ばした黒色の長い体が、波の下をすれすれにさっとくぐり抜け、遠方で海面に浮上すると、頭を揺さぶりながら塩水を振り落とした。それから、淡褐色の喉を前方に突き出し、小さな頭を湾曲した長い首の先端に安定させたまま、海面にじっと浮かんでいた。黒い背中は、日差しを浴びて、ちらちら揺らめく光を放っていた。群れは、直立した蛇のように静止したまま、あたりを警戒していた。敵が近くにいないかどうか、懸命に見張っていた。何もいないことが分かると、がーがー鳴き声を上げて羽ばたきを始めた。

しかし、傷ついた海鵜は、もだえ苦しみながら、ものすごい勢いで海の中をあちこち動き回り、翼をばたつかせていた。塩辛い海水が傷を刺し、じっとしておれなかった。しばらくすると、傷ついた海鵜は海面を離れ、痛さで気も狂わんばかりに、ものすごいスピードで崖の面に沿って飛んでいった。足の痛みから逃れようとしているみたいに、崖の面を三回、大きな弧を描きながら旋回した。それから、鳥はもう一度群れの方へと舞い降り、仲間のそばに着水した。

これに気づいたほかの海鵜たちが、がーがー鳴き始めた。傷ついた海鵜は一羽の仲間の方へ泳いでいったが、近づかれた鳥は、金切り声を上げながら、さっと離れていった。傷ついた海鵜は、もう一羽別の仲間に近づいていったが、近づかれた鳥は傷ついた海鵜をくちばしで激しくつつきまわした。すると、すべての海鵜が一斉に甲高い声で鳴き出し、長い翼で大きく風を切りながら、海面から飛び立った。傷ついた海鵜も、一緒に飛び立った。ほかの海鵜たちは、岩へ引き返して着陸した。心配そうに首を上下に動かし、そこに落ちてきた石に今なおかすかにおびえながら、四方八方をじろじろうかがっていた。傷ついた海鵜も、一緒に岩に着陸した。立ち上がろうとしたが、すぐに倒れて腹をついてしまった。しかし、もがきながらもう一度体を起こし、傷ついていない方の足だけで立ち上がった。

ほかの海鵜たちは、近くに敵がいないことを確かめると、傷ついた海鵜にうさん臭そうな視線を注ぎ始めた。傷ついた海鵜は両目を閉じ、片足で立ったままぐらついていた。傷ついた足が腹部から湾曲して垂れ下がり、翼をかすかに引きずっている姿が目に入ると、ほかの海鵜たちは、奇妙な鳴き声を出し始めた。一羽の海鵜が、傷ついた海鵜の方へ小走りに走っていってつついた。傷ついた海鵜は、低い悲鳴を上げて前のめりに倒れ、胸をついた。それから両翼を広げて嘴《くちばし》を上に向け、巣の中で食べ物をねだっている雛のように、その嘴を大きく開けた。

その途端に、海鵜の群れ全体が、もう一度がーがー鳴き声を上げ、飛び立っていった。空高く舞い上がり、海の方へ飛んでいった。傷ついた海鵜も、もがきながら体を起こして飛び立ち、群れの後を追っていった。しかし、群れは遙《はる》か前方を飛んでおり、体力が衰えてきていたので、追いつくことができなかった。だが、群れがすぐに旋回して崖の方へ回り込んだので、傷ついた海鵜も後を追って回り込み、海面を低空で飛んでいった。それから群れは、重い体を押し上げるために、細長い翼で大気と格闘しながら、ゆっくり上昇していった。そして、崖の面を途中まで浮上すると、黒ずんだ水溜りと白い羽毛が点在している、広い岩棚に着陸した。

傷ついた海鵜も上昇しようとしたのだが、空から舞い降りてくるとき、十分沖の方まで出ていなかった。そのため、ほかの海鵜たちがいる岩棚まで体を運び上げるのに必要なスピードが、たっぷりついていなかった。岩棚の下一〇ヤード〔約九・一四メートル〕のところを、崖に向かって突き進んでいた。体を傾けて浮上しようとしても無理だったので、もう一度、旋回して沖へ出ていかなければならなかった。狂おしい泣き声を上げていた。遥かかなたまで飛んでいき、翼の先端が水に触れるまで、海面へと降下した。それからもう一度崖の方へ回り込み、少しずつ浮上していった。仲間がとまっている岩棚まで体を持ち上げるスピードを十分つけるため、ものすごく力を振り絞っていた。何としても、仲間のところへ行かなければならなかった。でないと、死を覚悟しなければならなかった。仲間から放《ほう》り出されてしまうと、死は必至だった。ウミカモメの餌食になってしまうのだった。

傷ついた海鵜が自分たちの方へやって来るのが、仲間の目に入った。奮闘しながら浮上してくるときに唸《うな》らせている翼の鋭い音が、聞こえてきた。そのとき、仲間は荒々しい鳴き声を出し始めた。そして、ぎっしり一列に並んで岩棚の縁《へり》まで出てくると、くちばしを前方へ突き出し、体をぶるぶる震わせた。近づいてくる鳥も鳴き声を上げ、仲間に向かってがむしゃらに突っ込んできた。傷ついた海鵜は、仲間の背中を飛び越えて岩棚にどさっと倒れ込み、悲鳴を上げた。体力をすっかり使い果たし、どうすることもできなくなった体を、両翼を広げたまま、岩に横たえた。しかし、仲間は無慈悲だった。傷ついた海鵜に荒々しく襲いかかった。嘴で体を引き裂こうとしたり、黒い羽毛をむしり取ったり、両足で散々引っ掻き回したりした。傷ついた海鵜は、腹ばいになったまま、岩棚の奥へ死に物狂いに入り込み、暗い崖の裂け目に隠れようとしたが、仲間は傷ついた海鵜を引きずり戻し、岩棚の縁の方へ押していった。仲間の一羽が、右目を嘴で突ついた。もう一羽が、折れた足を嘴にくわえ、引きちぎろうとした。

とうとう、傷ついた海鵜は横向きに倒れ、仲間の攻撃に全く抵抗することができないまま、ぶるぶる震えだした。すると仲間は、大きな声でがーがー鳴きながら、傷ついた海鵜を岩棚の縁まで引きずり出し、そこから突き落としてしまった。傷ついた海鵜は落ちていった。空中で弱々しい羽ばたきをしながら、ゆっくりと下降していった。何度かぐるぐる回転し、翼を開いたり閉じたりしながら、最後には海へ落ちていった。

それから、傷ついた海鵜は二回羽ばたきをし、動かなくなった。寄せてくる波が、黒い岩の側面に鳥を叩《たた》きつけた。それから、海草の房の間に吸い込まれ、姿が見えなくなってしまった。

モート

ジョン・ウェイン

MORT

John Wain

ジョン・ウェイン
(1925-1994)

英国スタフォードシァー生まれ。一九四六年、オクスフォードのセント・ジョーンズ・カレッジを卒業。その後一年間、母校の特別研究員。一九四七年から八年間、レディング大学の英文学講師。一九六〇年に王立文学協会会員。一九六七年にブリストル大学客員教授。一九七三年から五年間、オックスフォード大学の詩学教授などを歴任。一九八五年から九年間、母校の名誉特別研究員。一九五八年にサマセット・モーム賞、一九八二年にホワイトブレッド賞を受賞。数多くの長・短編小説、詩、ドラマ、ノンフィクションを著しただけではなく、様々の詞華集、古典的な作家の作品選集を編纂すると同時に、有数の定期刊行物に寄稿。既成の価値観に疑問を投げかけ、個の尊厳を確立するためにエネルギーを投入した若い作家群の一人。

「モート」はペギー・ウッドフォード編の『闇の中―短編小説選集』（一九八〇年）に収録されている。

すべては二年前、僕が十六歳のときに起こった。しかし今でも、僕はそのときのことをとてもよく覚えている。

ある日の午後、僕はモートと一緒に座っていた。僕はちょいちょいモートの家に立ち寄り、屋根裏にあるモート専用のあの小さな部屋で、よくモートに会っていた。モートの両親は、モートの趣味や、友だちを招き入れるためにモートが必要としているかもしれないと思われるものを、何もかも、じっくり考えてやっていた。モートは自分の本、自分のアルバム、自分のテープ、自分の写真とスライドを持っていた。テーブルの上には、持ち運びのできる、小さなテレビが置いてあった。地球儀もあった。モートのお父さんは、モートの部屋を居心地と日当たりのいい部屋にするため、業者を入れて窓の拡張までやっていた。屋根裏部屋に必需品を全部揃えておけば、モートが自分の体を危険にさらしながら、しょっちゅう這うようにして階段をよじ登ったり、下りたりすることは少なくなるかもしれない、というのが、いろいろ慎重に考えた結果、両親が下した結論だった。

モートは十四歳だった。医学上の専門的な病名は忘れてしまったが、モートは骨が白亜のように脆くなっていくという、ひどい病気（大理石骨病のこと。破骨細胞の異常によって代謝が損なわれるため、骨が極端に硬化すると同時に脆くなり、強靭性と弾力性の異常な喪失に伴う頻回の骨折を起こす。また、骨髄が石灰化骨で満たされるため、造血機能も損なわれる）にかかっていた。急いで部屋を横切ろうとしてテーブルか何かにぶつかると、普通の人だったら感じることすらないような衝撃で、モートの骨は折れていた。ぶつかる度ごとに折れていた。時には、ベッドで寝返りを打っただけで、骨が折れていた。そのため、モートはいつもギプスをはめておかなければならなかった。忘れずにいてもらいたいことだが、いとも簡単に起こる骨折ではあっても、モートの骨折は、普通の人が骨折した場合と同じくらい、痛くてたまらないものだった。

可哀想だった。いつもモートが可哀想でならなかった。モートの家から自分の家へ帰っていくとき、泣き出したくなることが、時々あった。〈どうして、モートはああいうことになったんだろう？　どうして？　どうして？　どうしてなんだろう？〉僕はよくこう思っていた。それなのに、モートはとても優しかった。優しさの塊みたいな少年だった。

特にその日の午後は、モートの小さなテレビで、僕たちはサッカーの試合を見ていた。僕の心がサッカーに奪われてしまうようなことは、なくなりつつあった。十二歳のころのように取りつかれることはなくなっていたが、時々は、モートと一緒に試合を見ていた。モートはかなり熱を上げていた。

ちなみに、モートの名前はモーティマーというのだが、周りの人はいつも彼のことをただモートと呼んでいた。

試合が終わると、訓練によって自ら身につけていたあのゆったりとした、注意深い足取りで、部屋を横切っていった。一条の日の光が部屋に差し込み、振り返って僕を見つめたとき、モートはその光をまともに浴びながら立っていた。モートはものすごく色が白かった。肌の色は極端なまでに白かったし、髪はほとんど白と言ってもいいくらい、淡い色合いをしていた。そのため、太陽の光を浴びていたとき、モートは紙と白亜でできている少年ではなかろうか、という思いが、ふと心に浮かんできた。外側は紙、内側は白亜の骨なのではなかろうか、という思いが。

　モートは試合の話をしていたが、僕はモートが言っていることに心を集中させることができなかった。試合を見ているときに浮かんできたいろんな思いで、僕の心は溢《あふ》れるほど一杯になっていた。

　モートの話をさえぎりながら、僕は言った。話さずにはいられなかった。

「ねえ、モート。テレビでサッカーを見ていると、どんな思いになる？」

「どんな思い？　もちろん、いい試合なら、見るのは好きさ。《今日の一番》〔BBCが一九六四年に放送を開始したイングランド・サッカー、プレミアリーグの解説付きハイライト番組。現在は、BBC1が土曜日の夜と日曜日の朝（前夜分の再放送）、BBC2が日曜日の夜、それぞれ同名の番組を担当している〕でも、時々、かなりつまらないものがあるからね」

「そりゃーそうだけど、僕が聞きたいのは——試合を見ていて、君が心の中でどういう思いになるか、ということなんだ。試合全体を見ていて」

「僕がサッカーをすることができないからかい？」

「まあ、そういうことだな。はっきり言うと、試合には二十二人選手が出ている。皆とても頑丈だし、グラウンドをものすごいスピードであちこち駆け回り、ボールを勢いよく蹴散《けち》らしている。そういう姿を見ていると……何と言おうか……自分の不幸をちょっと思い出してしまうんじゃない？」

「そうだな、時にはね」モートはこう答えたが、話題を変えたがっていることが分かった。「僕はこう思ってるんだ――いつもせっせと何かをし、そのことはあまり考えないようにしなくちゃと。それに、事情はどうであれ、試合を見ていると、とても楽しいよ。僕が可哀想だと思ってるのは、目の見えない人たちだよ」

それから、モートは趣味のことを話し始めた。写真はモートが金をかけている趣味だった。休暇中にデヴォン〔南西部の州《イングランド》〕――モートはそこでも片方の足の骨を折っていた――で撮った、とても自慢のスライドを、何枚か持っていた。そのスライドを、プロジェクターで見せてくれた。かなり出来のいいスライドだった。それから、モートは新しい切手アルバムを取り出した。

「まだ、ほとんど何も入ってないんだ。切手をやり始めてから三年ぐらいになるけど、手元にあった最初のアルバムが一杯になったばかりでね。金はかけないことにしてるんだ。ほんとだよ。人に頼んで仕上げてもらうやり方だと、写真にはずいぶん金がかかるから、父は僕のことを思って、金をたっぷり出してくれていた。だから僕は、金がちっともかからない趣味を、一つ持とうとしているところなんだ。金がかかるのは、コーナー代だけさ」

「それから、アルバム代だろう」

と、僕は付け加えた。

「それはいらないよ」モートは勝ち誇ったように言った。「僕が持っていた最初のアルバムは、コーンフレイクの箱の蓋《ふた》何枚かで貰ったもので、金はかかってない。新しいのは、叔父さんから貰ったんだ」それから、モートの顔がちょっと曇ってきた。「中に入れるのを手に入れるまでには、ものすごく時間がかかりそうなんだ。切手を買わずにやるとね。手紙からはがしたのを人から貰うだけにしてるからな。それに僕たちには、外国に知人がいそうにないんだ。外国物の入手は、ほとんど見込みなしだ」

モートの父は、保険会社かどこかに勤めていた。一日中、机に張り付いていた。モート一家は、外国に行くようなことは決してないタイプの家族だった。

「これからは変わっていくさ、モート。君が大きくなったら、知人がどんどん増えていくし、その中には、きっと外国に住むようになる人だっているさ。外国に住むようにはならないとしても、外国に住んでる人を知っている人が出てくるよ。そうしたら、面白い切手が手に入るようになるさ。きっと」

僕がこう言うと、モートは、顔を輝かせながら、

「待ち遠しいなあ——その日が」

と答えた。

僕は、モートのために切手収集に取り掛かろう、と即座に決意した。僕の父も、退屈な仕事をしている。工業化学の研究をやっているんだが、少なくともそのおかげで、科学者の仲間に入れてもら

い、事実、国際的なことに一、二携わっている。何枚か切手を手に入れてるに違いない、と思った。切手には興味がないので、こういうことを考えたことは、それまでに一度もなかった。

そのすぐ後で、僕は家に帰った。

明くる日の朝、朝食のとき、僕は父と掛け合った。

「お父さん、僕、スタンプ〔切手を念頭に置いてこの言葉を使っている〕を集めてるんだ。モートのために」

「ポーステッジ・スタンプ〔切手〕のことかい?」

と、父が鋭く問い返してきた。科学者は、物事をきちんと処理しないと気がすまない。ひょっとすると、モートはトレーディング・スタンプ〔何枚か集めると、対応する価格の品物と交換できる景品交換券〕かエクサイズ・スタンプ〔所定の税が前納されていることを証明する収入印紙。酒、煙草類に貼付される〕を集めているのかもしれない、と父は考えていたのだと思う。

「手紙をよく見ると」食卓の父のそばに置いてある小さな手紙の山を指さしながら、僕はこう言った。「右上の角に、数字が書いてある色刷りの紙切れが貼《は》りつけてあるでしょう。それがスタンプ。モートはそれを集めてるんだ」

「お父さんにそんな無作法な言い方をするんじゃありませんよ、マイケル」

と、コーヒーをつぎながら、母が言葉を差し挟んだ。

「いや、無作法な言い方はしてないよ。ひねくれているだけさ。あの年ごろには、誰だってひねくれるもんだ。僕もそうだった」

父はパイプに火をつけた。

切手について、父はこれ以上何も言わなかったので、僕が言ってることを父は分かってくれていない、と思っていたのだが、仕事に出かける前に書斎に入り、僕を呼んだ。

「これが、この二ヶ月間に受け取った手紙のすべてなんだ」と言いながら、父はダンボールの箱を一つ、僕に渡してくれた。「用が済んだから、封筒を捨てようとしているところだったんだ。スタンプが何枚か見つかるかもしれない。終わったら、捨てといてくれ」

ひねくれてはいない言い方で、僕は父に礼を言い、封筒に目を通し始めた。五十枚ぐらいあったが、最初の四十枚は全くのくずだった。親友のモートにあげられるものは一枚も見つかりそうにない、と思い始めていたのだが、突然、びっくりするような切手が出てきた。

ある種の会議への案内状が、韓国から父のところへ届いていた。切手が六枚貼ってあった。四枚は同じもので、残りの二枚は、それぞれ同じものではあったが、最初の四枚とは違っていた。輪郭のはっきりした、小鳥と花の素敵な絵が描かれており、東洋の文字のほかに、わが国の文字で《大韓民国《ザ・リパブリック・オヴ・サウス・コリア》》と書いてあった。僕は急いで電話をかけた。

「ねえ、モート、忘れちゃいないだろうな？——僕たちが切手の話をしたこと。それから、君が沢山は集められないと言ってたこと」

「忘れちゃいないさ。金はかけない、知ってる人もいないから、ということだろう」

「ところが、君の運勢は変わってしまったんだ」僕はモートにこう伝えた。「僕は今、君の代理人になって仕事をしてるんだ。伝えたい特種《とくだね》情報がもう一本入ってきてる。切手が六枚あるんだけど、どこの切手だと思う？　手掛りを教えてやろうか――東洋のどこかだ」

「中国？　日本？」

「韓国だ。大韓民国だ」

と、僕は答えた。韓国を探し出すために、モートが地球儀へ直行していくことは分かりきっていた。

「やった！」モートの穏やかな声が、受話器から伝わってきた。「いつ貰える？」

「いつかまた寄るよ」


その日の朝は町でやらなければならないことがあったので、家に帰り着いたときには、かれこれ一時になっていた。父は、僕が一度も会ったことのない人と一緒に、居間にいた。

二人は夢中になって話し込んでいた。

「これが上の息子のマイケルなんです」父は言葉を続けた。「マイケル、ソールトンストール教授にご挨拶を。明日の会議に出席するため、はるばるノティンガム〔イングランド中部、ノティンガムシャーの州都〕からやって来られたんだ」

僕は礼儀正しくしてるんだというような声を出した。会議のことは何も聞いていなかったが、この手の科学者たちは、しょっちゅう会議を開いている。お互いの肩越しに覗《のぞ》き見をしていないと、仕事ができない人たちのようだ。ソールトンストール教授について覚えていることは、ほっそりした顔が小麦色に日焼けしていたこと、レンズの小さな金縁眼鏡の奥にある目が丸々としていたこと、それに、禿《は》げた頭の天辺が顔と同じ小麦色をしていたことだけだ。頭の後ろと両脇に房状に残っている毛は、全部、にんじん色をしていた。


「娘が外にいるんだ。旅をしたくて、ついてきてね」

と、教授が言った。

父がうなずいた。それから二人は、何かを期待しているような目つきで、僕をじっと見つめた。導火線に点火したばかり、と言わんばかりに、二人は僕がドカンと音を立てて姿を消してしまうのを待ち構えているみたいだった。

「お嬢さんは庭だよ」

と、父が言った。僕は、

「お嬢さんは庭で何か要《い》るものでもあるんですか?」

と尋ねた。

「相手をしてくれる人だけだと思うよ」

ソールトンストール教授が、こう答えた。それから二人は、何か含みがあるみたいに、くすくす笑った。独り笑いをしたんだ、と二人は言ったことだろうが、僕の耳には含み笑いに聞こえた。

庭に出てソールトンストール嬢を探し出すことが僕に期待されているのは明らかだったので、僕は出ていった。その年は、二本あるリンゴの老木の間にハンモックをつるしていたので、彼女はそのハンモックの中に寝そべって、雑誌を読んでいた。近づいていったとき、あの二人のおじさんたちがなぜくすくす含み笑いをしたのか、その理由が即座に分かった。監視をする私服刑事を一人もつけずに、このコーイヌール〔ペルシャ語で「光の山」の意。英国王室の王冠を飾る一〇六カラットのダイヤモンド。転じて、同種のものの中で最高級品を指す〕級の乙女をほったらかしておくことが、気がかりでならなかったのである。明らかに、僕はその私服刑事にならなければならないことになっていた。

彼女の目は教授の目のように丸々としていたが、ずっと、ずっと大きかった。教授の髪はにんじん色をしていたけれども、彼女の髪の色はレッドゴールド〔金に銅を混ぜ合わせた色〕で、顔を縁取りながら、曲線状の二つの房となって垂れ下がっていた。胸元を横切るようにして置かれているのが見えた片方の腕は、ほっそりして美しかった。彼女はもう一方の手で雑誌をかざしていた。爪を銀色に塗っているのが分かった。肌は教授の肌のような小麦色をしていた――家族全員が、トルコから、でなければどこだっていいけど、その年、内輪の仲間で一緒に休暇を取って出かけていったところから帰ってきたばかりなんだ、ということが分かった。

僕はその場に立ち止まって言った。

「あのー、こんにちは。僕、マイク〔マイケルの別称〕です。僕がいるということ、聞いてると思うけど」

彼女は、目を上げて、

「もちろん、聞いてるわ」

と答えた。大したやり取りではなかったが、これが事の始まりだった。

それから、彼女はハンモックの中で上体を起こし、きちんと座ろうとした。ハンモックの中で上体を起こしてきちんと座ることは、事実上無理だ。ジャックナイフのように体を前方に折り曲げたり、ゆらゆら揺れたりすることはできるが、基本的には、ハンモックから完全に抜け出すか、ただ寝そべるか、そのどちらかを選択しなければならない。彼女は寝そべった。

ハンモックの中で彼女と一緒に寝そべることができたら楽しいだろうなあ、という思いが、ふと心に浮かんできた。僕は、

「旅をしたくて、来てるんだそうだね」

と声をかけた。気迫のない言葉だったが、それだけしか思いつかなかった。

「そうね、わたしは会議には行かないわ。あなたのおっしゃってることが、そういうことなら」冗談を言ってるんだ、と僕は思ったのだが、彼女は笑わなかった。「とにかく、今日と明日だけよ。二

晩泊まるだけだわ。ちょっとした気分転換に、いくらかでも家を離れることができれば、と思ったの」

「何か……やりたいこと……」僕は彼女に尋ねた。「あのー、何かやりたいことでも、ここにいる間に……」

「マイケル、ちょっと手を貸して。お願い。みんなで一緒に庭でお昼ご飯よ」大きな声で、母がフランス窓から僕を呼んだ。

僕たちの家には、お手伝いさんがいない。それにひきかえ、マイケルという名の洗濯機があるし、これまたマイケルと名づけられている、椅子運搬兼食卓設置機もある。弟も機械にならなければならないことになっているのだが、一年におよそ三百六十日はうまいこと家を離れて過ごし、自分のテントの中で寝たり、紙の皿で食事をとったり、かわいらしい友だちと一緒にキャンプファイヤーをやっている。一つの観点からすれば、この二人の客が昼食時までいるということは、僕が仕事をしなければならない、ということになるので、迷惑なことだった。しかし、その他のすべての観点からすれば、素敵なこと、すばらしいこと、驚嘆すべきこと、とても魅惑的なことだった。

ハンモックの中でもう一度体を起こそうとしながら、彼女は、

「まあ、お昼ご飯の時までいるなんて、知らなかったわ。手を洗いに行かなくちゃ」

と言った。

「そいつから出るのは難しい。手を貸してあげよう」

僕は風を切りながら前進し、ハンモックが揺れないように、両端を押さえた。そのため僕は、彼女の体のぬくもりを感じ取ることができるほど、すれすれに前かがみの姿勢をとり、彼女の体と交差しなければならなかった。軽く飛び降りたとき、彼女は片方の手を僕の肩に掛けた。ぞくぞくする身震いが、電気に打たれたように、足の裏まで真一文字に駆け抜けていった。足を動かすと、足の裏のサイズと、足の裏の形をした焦げ跡が、芝生に見えてくるのではなかろうか、と思った。

彼女は芝生に降り、僕は後ろへさがって離れた。そして、彼女がそこに立ったまま、よく女の人がやる手つきで、体を撫《な》で下ろしているのをじっと見つめた。彼女は農業をやっている人が着ているオーバーオールかカバロール、でなければ、世間の人たちがいろいろ名前をつけているもの——要するに、胸当てとサスペンダーのある服——を着ていた。その年、若い娘たちが丁度この種の服を着始めたばかりだったのだが、そういう娘たちの中で、彼女は僕が実際に出会った最初の娘だった。彼女の服は薄いブルーの服で、細い縦縞模様が施してあった。近ごろは、女の子が一人残らずこういう服を着ているので、農場で一日分の仕事を始める準備がすっかりできてるみたいに見えるのだが、彼女はそういうふうには見えなかった。農場の仕事は、たとえ一分たりとも、彼女には絶対にやる意志のないことが、誰にでも分かった。

〈彼女に恋をしてるんだろうか？〉僕たちの付き合いはまだ熟しきっているとは言えないのに、僕はもう自分に向かってこう問いかけていた。〈いや、そうではない〉僕はこう断定した。なぜなら、性的に引かれている、と言った方が、もっと正確だろう、と思われたからである。何と言ってもずいぶん昔のことで、僕はかなり世間知らずだったから、そのころは分からなかったことだが、出発点など大した問題ではなく、最後は、ほとんど同じ窮地に陥ってしまうものだ。

「手洗いがどこにあるか、教えてあげよう」

と言いながら、僕はまるで犬みたいに、目に見えない足で飛び回ったり、目に見えない尻尾をしきりに振り回したりしていた。

「もう知ってるわ」

と言って、彼女は家に入っていった。

昼食はおいしかった。母は冷たいチキンサラダを作るのが上手だし、冷やした白ワインもあった。十六歳だったから、僕はワインをグラスで一杯飲ませてもらった。これが僕の成長過程において経なければならない一つの段階だった。（僕のところはそういう家庭なんだ。）ソールトンストール嬢も一杯貰ったが、飲み干していないことに気がついた。時々、グラスを口元につけていたが、ワインがおいしいからそうしているのではなく、むしろ、何か両手を使ってやるものを欲しがってるみたいに、そうしているのだった。彼女はワインのタイプではなく、コーク割りのラムが好きなタイプのように見えた。また、食事の間はほとんど、かなり退屈しているように見えた。話が退屈極まりないものだったから、彼女を責めることはできなかったことだろうが、彼女の倦怠《けんたい》は、いわば、先天的なものであるような気がした。

昼食の間ずっと、父とソールトンストール教授は会議の話をしていた。食事が終わるとすぐに、二人は準備の会合か何かに出席するため、大急ぎで出ていった。母に厳しく監視されながら、僕は皿を台所に運び、そこに積み上げた。

「洗うんじゃないの？」

と、母がせがんできた。

「後で。ソールトンストールさんのお世話をしてあげなくちゃならいんだ。庭に出てるんだけど、一緒にいてあげる人が一人もいないからね」

「一緒にいてちょうだいと、お嬢さんに頼まれたの？」

「あのね、お母さん、お客さんはもてなしてあげなくちゃいけないでしょう。お嬢さんは知らない町で独りぼっちなんだよ。それでいいと思う？」

母に止められないうちに、僕は出ていった。

ここまではうまくいったが、それからが大変だった。庭に出ていきながら、昼食が始まってから終わるまでの間に、自分が全く前進していないという事実に直面したのだった。分かったことは、彼女の名前がフィオーナということだけで、それですら、彼女の父親が彼女をそう呼んでいたから分かったことにすぎない。彼女が僕の方向に目を向けたことは一度もなかったし、また、僕が何とか差し挟むことができた数少ない言葉も、彼女には聞こえていないように思われた。

かすかながらも行動と言えるようなものが何一つ始まっていないこの段階においてすら分かったことだが、こんな少女と親しくなろうとすることは、重量不足でボクシングをするようなもので、レフェリーが試合を中止させない限り、ほとんど叩《たた》き殺されてしまうに決まっていた。それなのに、なぜやろうとしたんだろう？　だけど、皆さんだって、それぞれの人生において、馬鹿なことをいろいろやってるでしょうが、なぜやったんですか？　僕の心の中では、怪我をしないようにしなければならない、という思いよりも、フィオーナに没頭しなければならない、という思いの方が大きかった。もし僕がそうなるように作られていたとすれば、その責任は誰が取らなければならなかったんだろう？　上に問い合わせてくれ。僕を作った会社に訊《き》いてくれ。

そういう訳で、僕は足を進めていった。このときには、彼女はハンモックの中に寝そべってはいなかった。芝生を漫然とぶらついていた。近づいていったとき、彼女は全く関心のない目つきで僕を迎えた。まるで菜園用の手押し車を迎えているような目つきだった。

「やあ」

と、僕は声をかけた。

「あら」

と、彼女は品のいいスニーカーをじっと見下ろしながら答えた。

「何か……今日の午後、やりたいことがある？」僕はこう言った。「実は僕、何もやることがなく、退屈してるんで……」

ローマ法王に拝謁した後、前列に座ってカップファイナル〔《英国》定冠詞（the）が付けてあるので、サッカーの優勝決定戦〕を観戦し、ゴールディー・ホーン〔米国の女優。一九四五年生まれ。一九六九年にアカデミー助演女優賞とゴールデングローブ賞（助演女優賞）を受賞。底抜けに明るい、ブロンドのかわいこちゃんとして人気を集めた〕と一緒に晩餐《ばんさん》をとることに事実上なっていたとしても、僕はきっと、暇を持て余している、と言ったに違いない。四つん這いになって彼女の手をなめていたという訳ではないが、もし彼女がペディグリー・チャムの缶詰を差し出したとすれば、僕は四つん這《ば》いになり、両手を使わずに、ぺちゃぺちゃ音を立てながら食べつくしてしまったことだろう。

「やりたいこと？」彼女は、大した問題ではない、といわんばかりの言い方をした。「あなたのお父さんが車を使っていらっしゃらないんだったら、一緒にどこかへドライブに出かけられるんじゃないかしら」

「車はやってないんだ」僕は答えた。「年齢が足りず、まだ免許が貰えないからね」

僕が目の前にいるというのに、彼女はもう少しであくびを出してしまうところだった。ふだん彼女を連れ出している連中は、全員、車を持っていて、彼女がぶんぶん飛ばして行きたがっているところへは、どこへなりと、彼女を乗せてぶんぶん飛ばし回っていたんじゃなかろうか、と思う。〈だけど、俺《おれ》だって、もうすぐ車を手に入れてやる。学校を出たら、何か金のもうかる仕事につき、銀製のライターと、オセロット〔中南米の森林に生息する、豹に似た夜行性の山猫。全長約一・三メートル〕の毛皮でこしらえてあるシートカバーを装備した、デ・トマソ・パンテーラ〔北イタリアのデ・トマソ社で製造された、高性能の二座GTクーペ〕を手に入れてやる〉僕はこう思った。

体を伸ばしながら、彼女は、

「だったら、ほかにすることは何もないと思うわ」

と答えた。

「一緒に散歩ができるじゃない」

「散歩？　何かいいことでもあるって言うの？」

「そうだな、町の素敵なところを案内してあげられるよ」

「店には後で行くわ。たぶん、そこへ行くバスがあるでしょう」

「もちろん、あるさ」こう答えると、僕は尻尾を振り、喉もとの認識票がガチャガチャやかましい音を立てるまで、あちこち跳ね回った。「系統番号2に乗れば、主だった店がずらっと並んでいるところへ直通だ。でなければ、2Aか2Bに乗ればいい。到着直前というところでわき道にそれてしまうけど……」

「分かったわ。停留所のあるところを教えてちょうだい」

「一緒に行ってあげるよ。ブティックやなんかが全部あるところを知ってるから」本当は知らなかった。「それに、重たい物の持ち運びも手伝ってあげられるしね」

「よしてよ！　ピアノを買うつもりはないわ。ただ見て回るだけよ。何も買わないかもしれないわ」

「それじゃ、バスが出るところを教えてあげよう」

静かだった。午後の気だるい時間だった。昆虫は鈍い羽音を立てながら飛び回っていたが、それ以外の被造物は意識混濁状態に陥っていた。僕は自分の頭脳《あたま》を鞭打《むちう》ち、言うべきことを何かひねり出そうと努力したのだが、駄目だった。僕は、相手が好きな人だったら、ほかの誰よりも上手に話しかけることができる。しかし、自分がフィオーナに官能的に引かれていること、また、これから先もいつだってそういうことになるということは分かっていても、彼女にはあまり好感が持てなかった。そこが厄介なところだった。

「君、どんなことをしてる？」

とうとう、僕は強引に切り出した。僕の声は、彼女に対してある種の職務尋問を行っているみたいに、耳障りで、無愛想に聞こえた。

「してる？　何もしてないわ」

「いや、僕が聞きたいことは……朝起きたら、夜寝るときまで何をしているか、ということなんだ」

「学校にいるわ」

取調べはこれですべておしまい、といわんばかりの口振りだった――彼女にとっては、確かにおしまいだった。

昆虫が鈍い羽音を立てている虚脱状態の中で、僕たちはもう一度芝生に腰を下ろしたのだが、結局は、僕の方から口を開いた。

「学校にはいつまでもいることはできないさ。出た後は何をする?」

「分かってるわ――自分のやりたいことは。女優になるわ」

「じゃー、演劇学校に行くつもり?」

フィオーナは音楽的な声を出して笑った。彼女の笑い声は、練乳が木琴に注がれているような音色をしていた。好感の持てる声だった。

「とんでもない! 行かないわ。教えられることは、演劇に関するうんざりするようなことばかりよ。私はテレビ女優になりたいの」

状況が目に見えてきた。テレビに現れる度ごとに、幾百万もの人たちが見る。顔は至るところで覚えられる。そして、汽車の中では、男たちがのぼせ上がる。僕はますます彼女に魅惑されていったのだが、残念ながら、彼女が心の中で思い巡らしていることが、嫌でならなかった。

「あなたの好きなテレビ女優は誰？」

突然、彼女がこう訊いてきた。僕の方を振り向き、おそらくはこのとき初めて、僕の顔をまともに見つめた。単なる市場調査にすぎないことは分かっていた。たまたまバスで隣に座っている老齢年金受給者なら、誰にでも、同じ質問をしたことだろう、ということも分かっていたのだが、とにかく、その質問に答えたかった。僕は彼女の胸を打つ最新流行の名前を懸命に探した。

しかし、思いついた名前の中で一番いいのは、これだった。

「ゲイル・ハニカット〔米国の女優。一九四三年生まれ。一九六〇年代における第一級の女優〕」

「ねえ、いい加減なこと、言わないでよ。わたしの世代にもっと近い人を言ってよ」

「それじゃー」

「わたしが考えていたのは、ジョアンナ・ラムリ〔英国の女優。一九四六年生まれ。多くの映画やテレビドラマで活躍。本作品刊行後の一九九二年からは、ＢＢＣで放映されたコメディ・シリーズで人気を博すことになる〕みたいな女優さんだわ。でなければ、ルーラ・レンスカ〔英国の女優。一九四七年生まれ。テレビドラマを中心に活躍〕よ」

「そう、その通りだ。君の言う通りだ」

僕は時代遅れ、世間知らず、田舎者、背の高い大黄の中から出てきたばかりの、典型的な辺境人さながらだった。

「今すぐ店に行った方がましだわ」

と言って、フィオーナはハンモックの方へ行き、財布、サングラスといった小物類を取ってきた。

サングラスは頭の天辺にちょこんと乗っけていた。サングラスがそれ以上目に近づくことはなかったが、いい効果を生み出していた。彼女だったら、いつだって、どんなことをしても、いい効果を生み出すことだろう、と思った。

僕たちはバス停に向かって歩き出した。バス停は歩いておよそ八分かかるところにあった。バスが到着するまでの時間をXで示すとすれば、僕は彼女と（八＋X）分一緒にいることができる、ということになる。通常、あのバス停では、最も長くて九十六時間にもなるのではなかろうかと思われるくらい長々と待たなければならなかったが、今回は、そこに着いた途端に、きっとバスがやってくるだろう、と思われた。

すると、庭の小道を歩いていくとき、突然、名案が浮かんできた。

「君、ダンスは好きだよね」

「かなりね。楽しいかどうかによるけど」

「実は」僕はべらべらしゃべりまくった。「今夜、ディスコがあるんだ。僕の学校で。第六学年〔十六歳で義務教育を終えた後、高等教育機関への進学や、就職条件の向上を希望する者が、上級課程（Aレベル）取得を目指して選択する二年間の教育コース。コンプリヘンシヴ・スクール（公立の総合中等学校）には併設されている〕向けのディスコなんだ。もし君に……何もやることがなかったら、連れて行ってあげたいんだ。参加できる人はかなり限られているんだけど、きっと歓迎してくれるさ」

とにかく、僕は歓迎だった。外部から誰かを連れていくと、かなり強力な不文律を事実上破ることになるのだが、実際に追放ということにならない限り、僕にとってはどうだっていいことだった。

「ディスコなら行ってもいいわ。ありがとう。何時にそこに着けばいいの？」

「君が泊まっているところを教えてくれたら、迎えに行ってあげるよ」〈フロントにリクライニングシートがある、僕のデ・トマソで〉と、言いたいところだった。「七時半以降だったら、何時に着いたっていいんだ」

「七時半？　それ、ちょっと早いんじゃない？」

「それはそうだろうけど、ちょっと早目に始めなくちゃならないんだ。十一時までには終わりにして明かりを消さないと、ものすごくうるさいからね」

彼女は何も言わなかったが、顔がすべてを語っていた。「十一時まで！」と。

「楽しいと思うよ」

と、僕は言った。

歩きながら、彼女はちょっと肩をすくめた。

「とにかく、やってみるわ。ありがとう」

このときの僕には、以前よりも自信がついていた。運命とバス会社によって与えられるかもしれないX分は言うまでもないことだが、バス停に着くまでには、まだ五分あった。突然、自信がどっと湧いてきた。

「じゃあ、ほかに何か興味のあるものがある？　女優になること以外に？」

「そうね、ほんのありふれたものにね」

「例えばどういうもの？」

「質問のやり取りばかりね？　何なの、これ？　拷問？　わたしの両親みたい。うんざりだわ！」

「いや、そんなことはないさ。僕、ちっとも君の両親みたいじゃないよ、フィオーナ」彼女の名前を使ったとき、衝撃波が僕の体を貫いていった。「しばらく一緒に時を過ごそうとしてるんだから、君が興味を持っているものを教えてもらおうとしてるだけなんだ」

「だけど、ディスコで趣味のことを話し合う時間は、あまりないでしょう。だから、わたしが何に興味を持ってるか、あなたが知る必要だって、ないと思うわ。とにかく、何もないんだから」

「興味のあるものが何もない？」

「言ったでしょう。何もないわ」

僕は話が途切れないようにしなければならなかった。バス停は次の角を回ったところにあった。

「何か集めてるものはない？」

「何か集めてる？　何もないわ。いや、あるわ。集めてるものがあるわ」

「どういうもの？」

「いろいろあるわ！　陶器の箱。ヴィクトリア朝時代のボタン。それに切手」

「切手！」急に足を止めながら、僕はこう言った。彼女はただ先へと歩き続けていたので、追いつくためには、加速しなければならなかった。「切手を集めてる？」

「そうよ」

と、彼女は前方をまっすぐ見つめたまま答えた。

「うれしいよ、切手のことを言ってくれて」

と、僕は言ったのだが、彼女が自分から言い出したのではなかった。僕が無理やり聞き出したのだった。

「ちょっと面白い切手を何枚か持ってるよ。僕の父は国際会社みたいなところに幾つも関係してるんだ。その父から外国の切手を何枚も貰ってるんだけど、自分では切手を集めてないから、人にあげてるんだ」

「じゃ、何枚かいただくわ、余ってるんだったら」

「余ってる――まあそういうところかな。今朝、同じ封筒から韓国の切手を六枚はがしたばかりなんだ。大韓民国――六枚だよ。ちょっと珍しいやつさ」

「バスが来たわ」

僕らが丁度バス停に着いたとき、バスが風を切りながらやって来た。ああいうことになるなんて、そのときの僕に分かるはずがなかった。

ディスコは暗く、やかましかった。彼女は農業をやっている人が着ているようなるオーバーオールは着替え、チェックのシャツと、スプレーをかけたんじゃないかと見えるくらい、体にぴったり合った黒のジーンズを着込んでいた。そのジーンズを、夜、彼女が脱ごうとしている姿を想像してみた。褐色をした玉ねぎの皮のように、ナイフでずたずたに切ってはがさなければならないだろう、と思った。髪型も変わっていた。顔の両側に垂れ下がらせるのではなく、後ろに引っ張り上げ、ポニーテールにしてぶら下げていた。音楽に合わせて体を揺さぶると、彼女は頭も揺さぶり、そのため、レッドゴールドのポニーテールが、左から右へと、優雅に揺れた。

その夜、ディスコが終わるまでに僕たちが取り交わした言葉は、五十語を超えていなかった。しかも、取り交わした言葉は、そのほとんどが、ソフトドリンク・バーから何を取ってきてもらいたいかとか、それに似たようなことを、彼女に尋ねたときに交わした言葉だった。バーには、親愛なる第六学年の同級生が、何名か配置されていた。女みたいな連中だった。僕は、間違いなく《いぶかしげな》と呼ばれている類《たぐい》の眼差《まなざ》しを、どうしても浴びなければならなかった。僕は無視した。ただ、飲み物が入っているプラスチック製のジョッキを、ひったくるようにさっと手に取り、フィオーナのところへ持って帰ってきたいだけだった。

ほんとに、僕たちは何も話さなかった。しかし、音楽が気に入っているように思われたので、全般的に見て、彼女は楽しんでいる、と思った。ただ、騒音、暗闇、着色した明かり、リズム、多くの若い男の存在が、彼女に影響を与えたようだった。いずれにしても、なぜ次のようなことが起こったのか、その訳を説明してくれるものとして僕が挙げることができるものは、それしかない。

その夜を三分の二ぐらい過ごしたころ、突然、彼女は僕の耳に口をぴったりくっつけ（何かを聞いてもらう方法は、これ以外になかった）、

「外に出ようよ」

と言い出した。

二人とも、ほんとにじゅーじゅー音を立てていた、と言ってもいいくらいほてっていたので、彼女は夜の冷たいそよ風を浴びたくてたまらなかったのだ、と僕は思った。おそらく、それが外に出たがっている理由であり、ほかにはほとんど何も考えられなかった。ところが、実際には、こういうことが起こったのである。僕たちは建物を出て、運動場へ向かっていった。運動場の周りには、木が一列にずらっと並んでいた。肌に感じられるそよ風は吹いていなかったけれども、頭上では、木の葉が静かに揺らいでいた。学校は丘の上に建てられていたので、眼下には町の明かりが見え、大通りは、黄玉のネックレスのように、ひときわ浮き立っていた。すべてがとてもロマンチックだった。すると彼女は、ごつごつした木の幹に寄りかかって僕を引き寄せ、口づけをした。

それだけだった。ほかには何も起こらなかった。ほかに起こり得るものは、何もなかった。なぜな

ら、その口づけは、僕の人生の一つの部分を終わらせ、次の部分を始まらせる決定的な大異変、大激変をもたらす口づけだったからである。口づけはあまり長くはなかった。その後に体験した幾つかの口づけに比べると、おそらく未熟なものだった、と思う。今では、あのときよりもずっと年を取っているし、世の中のこともある程度は心得ているから、そう言える。だが、あの口づけは、これから先の人生において二度と体験することはできない、最高の口づけだった。

家に帰りながら、僕はもう一度口づけをしようとした。彼女をつかんでそっと引き寄せようとしたけれども、彼女はひたすら前方へ、真っ直ぐ歩いていった。

そこで僕は、ただ一つ、僕の手中に残されていたことをやった。札入れを取り出し、六枚の韓国切手を引っ張り出した。夜を一緒に過ごす助けとなってくれるのではなかろうかと思って、入念に封筒から切り取り、持ってきていたのだった。そのとき僕は、持ってきていてよかった、と思った。

「君にあげたいものがあるんだ」

「今度は、何?」

あまり関心はなさそうだったが、それかといって、あまりうんざりしているようでもなかった。

「僕が話してた切手さ。韓国の切手。全部で六枚あるよ」

こう言って、僕は切手を彼女に渡した。

「まあ、ありがとう。覚えていてくれたのね。感謝するわ」

彼女が着ていたチェックのシャツには、両方の胸元にボタンダウンのポケットがあった。彼女は右側のポケットのボタンをはずし、切手を丁寧に中に入れた。ボタンをかけてポケットを閉めるとき、僕は手を貸してやりたいという激しい衝動に駆られたが、彼女は僕の手を借りずに何とかやってのけた。切手が右側の乳首に心地よく体をすり寄せているさまを思い浮かべると、ほんとに失神してしまいそうになった。

それから僕たちは、彼女が泊まっているところへ歩いて帰った。彼女が中に入ると、僕はそのまま帰途についた。帰り着いたとき、最後の十分間は歩いていたのかどうか覚えていなかったけれども、少なくとも帰途についていたことは間違いない、と考えなければならない。

フィオーナが帰っていってからおよそ一週間経《た》ったころ、僕は電話をかけていた。彼女の家で呼び鈴が鳴っている音が聞こえてきた。ソールトンストール教授宅の電話番号は父から聞き出していたのだが、呼び鈴が鳴っているとき、もしソールトンストール教授が出たり、だれか声に聞き覚えのない人が出たりしたら、即座に電話を切り、銃でさっさと自殺してしまおう、と心に決めた。

僕が丁度こういうことを考えていると呼び鈴が止まり、「もしもし」という、若い女性の甲高い声が聞こえてきた。

「フィオーナ?」

「フィオーナは外出しています」

相手は息を切らせながら、小さな声でくすくす笑った。妹がいるということを、フィオーナは僕に教えてくれていなかった。と言うよりは、彼女は僕に何一つ教えてくれていなかった。

「だけど、今は家にいるんでしょう？　つまり……」

「姉は外出しています」

くすくすという笑い声が聞こえてきた。

「そうですか。今は外出中なんですね。分かりました。ですけど、基本的には家にいるんですね？休暇か何かで、どこかへ行ってる訳じゃないんですね？」

僕は、電話の話し相手がどういう人物なのか、その人の姿を心に描き上げてみなければ気の済まない人間の部類に入っている。僕が心に描き上げたのは、ペースメーカーである姉のフィオーナのようにすぐ美しくなるのだが、今のところはお下げ髪を結い、おそらくは歯に歯列矯正用の装置をつけている、そばかすだらけの痩《や》せこけた少女の姿だった。この娘《こ》となら、最初の段階から事を始めることができるので、もっとうまくやれるかもしれない、という思いが、突然、頭にひらめいてきた。

〈ジェニファー、君が大好きだ〉〈愛してるよ、エズメラルダ〉〈僕のデ・トマソに乗せてあげるから、おいで〉〈口づけをするとき、矯正用の装置には触れないよ〉

「いつフィオーナは帰ってくるんでしょうか？」

と、僕は尋ねた。電話の向こう側から、つかみ合いをする小さな音と、つぶやき声が聞こえてきた。誰かほかの人に代わっているのが分かった。それから女の人が、

「お電話代わりました。どなた様でございましょうか?」

と訊いてきた。

最初の声は、フィオーナの間抜けな幼児版だった。今度の声は、分別のある大人版だった。フィオーナのお母さんだった。

僕は自分の名前を告げた。しかし、お母さんにとっては何のことやらさっぱり分からないことだったので、

「ソールトンストール教授が会議でこちらへ来られたとき、お嬢さんを連れてこられました」

と付け加えた。

フィー・オウン・ア・ソールト・オン・ストール、フィー・オウン・ア・ソールト・オン・ストール〔フィオーナのフルネーム(Fiona Saltonstall)を音節化したもの〕という無意味な音節が、頭の中でエレキ音声のように響き始めた。

「そう、そうでしたわね。あなたがマイケルさんですのね。もちろん、覚えていますわ」

〈フィオーナが僕のことを話してくれたんだろうか? それとも、家族が食卓を囲みながら交わす、つまらない話の中で出てきただけなんだろうか?〉

「皆さん方がとても親切にもてなしてくださったと、主人が話してましたのよ」

話し振りからすると、お母さんはとても素敵な女性のようだった。

「そうですか。それは良かったですね。大したことはしておりませんけど。もちろん、喜んでしたことですが。話は変わりますけど、いいでしょうか。僕が電話をしましたのは……」

〈電話の目的は何だったろう？〉突然、何を言ったらいいのか、思い出せなくなってしまった。〈ああ、そうだった。フィー・オウン・アをもう一目見るために、ヒッチハイクをしてノティンガムへ行く決心をした、ということを伝えるためだった〉

「次の週末にノティンガムへ行きますので、もしかして……」

「お楽しみですこと。だったらぜひ、わたしたちを訪ねていらしてちょうだい」

相手の人には見えもしないのに、僕はうなずいた。

「フィオーナの計画がどうなってるか、私には分かりません。あなたが会いたがっていらっしゃるのは、あの子だと思いますけど、主として——そうでしょう？」〈ぴったりだ、奥さん！〉「ノティンガムにいらっしゃるのは、土曜日、それとも、日曜日？」

「土曜日です。でなければ、日曜日。本当は、どっちだっていいんです。はっきり言って、別に……」

「それじゃ、日曜日はよしましょう。その日は揃《そろ》って出かけていますから。土曜日はどうかしら。フィオーナの計画がどうなってるか分かりませんけど、きっと家にいる時間はあるでしょう。こういたしましょう。土曜日にここにいらしてくださるんでしたら、マイケルさん、わたしたち、喜んでお迎えいたしますわ。よかったら、一緒にお食事をいたしましょう」

フィオーナのお母さんにお礼を言った。あたりに付きまとい、庭の小道に涎《よだれ》の跡を残している奴《やつ》らの数をよくよく考えてみると、とてもありがたい思いがした。それから、僕は電話を切った。

土曜日の朝出発した。ノティンガムに到着するまでには、ものすごく時間がかかった——一〇〇マイル〔約一六一キロ〕を超えており、それに、僕はヒッチハイクが不得手だった。間違った幹線道路に出てしまうとか、そういったへまをいろいろやっている。本道に出て立ちん坊を始めたのは朝の八時半だったが、三時ごろになって、ようやくノティンガムに着いた。ソールトンストール教授の屋敷は郊外のとても遠いところにあったので、そこまでたどり着くためには、更にもう一度、長々と時間をかけなければならなかった。ようやく到着すると、例の妹が玄関で迎えてくれた。僕の想像はすべて外れていた。丸顔で、暗褐色の髪の毛をボートの乗組員みたいに短く刈り込み、そばかすは一つもなかった。それに、歯はちゃんとしていた。

妹の話によると、家には彼女が一人しかいなかった。ほかの人たちの帰宅時間を尋ねたが、全く分からない、ということだった。オリノコ川〔ベネズエラを貫流して大西洋に注ぐ川〕かどこかへ船旅に出かけているということを、知らせようとしているみたいに思われた。

庭で待つことにした。妹にそう伝えた。芝生にデッキチェアーが置いてあったのでそれに腰掛け、努めて何も考えないようにした。しかし、その試みは完全な失敗に終わった。僕はフィオーナのことを考えていた。自分は途轍《とてつ》もない馬鹿なことをしている、と考えていた。フィオーナに持っていってやる切手を何枚か余分に手に入れようと、父への郵便物を一生懸命見張っていたけれども、一枚も見つからなかったことを考えていた。こういうことを考えていると、モートが思い出された。韓国を探し出そうと、地球儀を一心に見つめているモートの姿を頭に描いてみた。しかし、モートのことは止めにした。僕は、無理やり、ほかのことに心を向けてしまった。フィオーナのポニーテールに。

それから、お母さんが帰ってきた。電話で話をしたときに思った通りの、素敵なお母さんだった。しかし、フィオーナの顔つきはお父さんから貰ったものだった。それが分かった。お母さんは髪が褐色、どちらかと言えば、妹のように丸顔だった。僕はお母さんがとても好きだった。僕のために、六層ぐらいある、ものすごく大きなサンドイッチを作ってくれた。そして、僕がそれを食べている間、台所で僕に付き合ってくれた。あまりお腹《なか》はすいていなかったが、何とか無理やりに押し込んだ。

それから、フィオーナが帰ってきた。彼女はテニスラケットを抱えていたが、テニス用の運動服は着ていなかった。デニムのスカートとサンダルをはいていた。僕に向かって、

「こんにちは」

と言うと、続けてこう言った。

「お母さん、今夜は早く食事にしてもらえる？　出かけなくちゃならないの」

「マイケルさんが、遠いところから、わざわざあなたに会いにきてくださってるのよ」

「ああ、そうだったわね」

と言って、テニスラケットをテーブルの上に置いた。

「そこは駄目よ、フィオーナ。道具を入れる戸棚よ」

と、お母さんが言った。

「どうやってここへ来たの？」

と、フィオーナが僕に問いかけてきた。

「ヒッチハイクをしたんだ」

「あなたたち、庭に出て腰掛けたらどう？」

こう言って、お母さんはテニスラケットのことは成り行きに任せてしまった。

僕たちは外に出たけれども、腰掛けなかった。芝生をちょっと歩き回った。一緒にいた時間はわずか二分だったけれども、僕と別れるのをフィオーナがすでに待ち構えている、ということが分かった。

「僕たちのところへの旅、楽しんでもらえたらよかったけど」

「もちろん、楽しかったわ」

「ディスコ、愉快だったね?」

「ええ。ディスコはいつだって楽しいわ」

〈そして、誰であろうと、連れていってくれる人には、いつでも口づけをするんだ。木、でなければ、おそらく壁によりかかって、口づけをするんだ〉

「あのー、僕、今のところまだあれ以上切手が手に入らないんだ。ずっと気をつけてきたんだけど、残念ながら、まだ……」

「切手?」

「そう。集めてるんだろう。韓国のを六枚あげたじゃない。もうアルバムに入れてると思うけど」

「アルバムは持ってないわ」

と答えると、フィオーナは僕の方を振り向き、こういうことはもう沢山といった眼差しで、僕の顔をまともに見つめた。

「わたしが切手を集めてるなんて、あなたに言った覚えはないわ」

「いや、言ったよ。歩きながら君をバス停へ連れていってるとき、そう言ったよ。それから、ディスコから家に帰る途中、韓国の切手を六枚あげただろう。貰ったことをとても喜んでるみたいだったけど」

フィオーナは歩くのをやめてじっと立ち止まり、不法侵入者を捕らえた地主みたいな目つきで、僕を見つめた。

「そう、いただいてうれしかったわ。少しでもお金の値打ちがあるかもしれないものだったら、いつだって、何でも喜んでいただくことにしてるの」

「そう――そうだったのか。お金ね」

「いただけるものは、いつだって何でもいただき、それから、努めて売り払うことにしてるの。あなたにショックを与えるようなことをしてるんだったら、ご免なさいね。わたし、いつもお金が不足してるの。だって、服にはとてもお金がかかるでしょう」

「確かにかかるなあ」

言いたいことを確実に理解してもらおうと、フィオーナは口述速度で話を始めた。

「これまで一度も、ただの一日だって、欲しい服が買えるお金があったためしがないの。やりたいと思ってる仕事がやれるかどうかは、ちゃんとしたところにいるかどうか、ちゃんとした人に見てもらえるかどうか、そして、立派に見えるかどうかにかかってるわ」

「君だったら、きっと、それを全部やってのけるさ」

デニムのスカートをちらっと見下ろしながら、フィオーナは、

「ぼろを着て回らなくちゃならないでしょう。だからわたし、いつも流行に遅れてるの」

と言った。

「それは流行の問題で、君の問題じゃないさ」

と、僕は答えた。急に心が穏やかになってきた。すべてがとても絶望的だった。緊張がすっかり解けてしまった。フィオーナに熱を上げたところで、結局は無駄なこと、と思った。これから先の人生においても、どういうことであれ、熱を上げたところで、結局は無駄になってしまうんだ、と思った。

「少しでもいいから、現金をまとめて手に入れるためだったら、どんなことだってするわ。あの切手、もし珍しいものだったら店かどこかへ持っていき、たとえ五十ペンスくらいにしかならないとしても、現金に換えられると思ったの。わたし、それくらいお金に困ってるの」

「そして、金に換えた？」

と、僕は尋ねた。

「いいえ。それすらうまくいかなかったわ。切手はシャツのポケットに入れてたんだけど、取り出すのを忘れてしまったの。お母さんがそのシャツを洗濯機に突っ込み、それから、乾燥機に入れてしまったわ。すべてが終わったときには、しわくちゃの硬い紙切れよ。捨ててしまったわ」

「そう。残念だったね。売ることができたかもしれなかったのに」

それから僕は、大通りの方へ顔を向けたまま、庭木戸を出た。遠ざかっていくとき、僕は一度だけ振り返った。妹が二階の窓から僕をじっと見ていたが、フィオーナは家の中に入ってしまっていた次の日の午後、僕はモートに会いにいった。問題にけりをつけた方がいい、と思った。モートは自分の部屋にいる、とお母さんが教えてくれたので、まっすぐ上がっていった。しかし、モートがもう一本骨を折っていたことは、教えてくれなかった。左の前腕部にギプスをはめ、三角巾でつっていた。

「昨日《きのう》やったばかりなんだ」

と、モートが話してくれた。

「ほんとに痛かったろうなあ、モート」

「いや、大したことはないんだ。手首の小さな骨を一本やっただけだよ。あまり痛くはないんだ。昨日の夜、テレビでアイスホッケーを見た？　あのカナダの二チームを？」

「見てないんだ」

「すばらしかったよ。ボディーチェック……ほんとに見ごたえがあった」

「アイスホッケーは素晴らしい競技だからなあ。ねえ、モート、ちょっと悪い知らせがあるんだ」

「切手のことだろう？」

「どうして分かる？」

「切手をまだ僕にくれてないからさ。もしそのつもりだったら、君は真っ先に切手のことを口に出していたと思うよ。ドアを開けて入ってくるとき、切手を手に持っていたと思うよ。君はそんな人だからなあ」

「実はねえ、モート、言いにくいことなんだけど、切手を駄目にしてしまったんだ」少なくとも、ここまでは本当だったが、それから先は、嘘だった。「僕は切手を封筒から切り取らなかったんだ。君にそれをやってもらえば、喜んでもらえるかもしれないと思って、封筒を自分の部屋の作業台の上に置いたままにしてたんだ。古い封筒の束と一緒にしてあったんだけど、掃除のおばさんが、何もかも一《ひと》まとめにして、捨ててしまってね」

僕の家には掃除のおばさんはいない。家の掃除は、何とか時間を見つけて、自分たちでやっている。

「そのおばさん、切手をどこに捨てたんだろう?」

「燃やしちゃったよ。紙くずはいつも庭の焼却炉で燃やしてるんだ。リサイクルに出さなくちゃならないんだけど、あのおばさん、やらないんだ」

「だけど、韓国の切手をリサイクルに出したところで、時間と労力の無駄使いになったろうな。燃やしてもらう方がましだと思うよ――どういう訳か分からないけど」

「悪かったな、モート」

「君が悪いんじゃないさ」

そのとき気がついたのだが、モートの切手アルバムが、テーブルの上に、開いたまま置いてあった。よく見なかったけれども、間違いなくKの頁が開けてあった、と思う。

「いずれにしても、ありがとう」

「僕のどういうところを、ありがたいと思ってるんだ？」

「僕に切手をやろうと思ってくれたところさ」

僕は口が利けなくなってしまったのだが、しばらくしてから、

「手首があまり痛まないといいけどなあ」

と言った。

「痛まないさ――あまりひどくは。ちょっとずきずきするけど、慣れるさ」

というのが、モートの返事だった。

それから僕は、歯医者の予約がある、とモートに伝えた。しかし、家に帰って、午後をハンモックの中で過ごした。生きていく意志を失ってしまった人みたいに、手足を両方とも伸ばし、フィオーナが寝ていたところに寝そべっていた。

メイマ＝ブハ

ルース・フェインライト

MEIMA-BUCHA

Ruth Fainlight

ルース・フェインライト
(1931-)

ニューヨーク生まれの女性詩人・小説家・オペラ台本作家・翻訳家。米国と英国で学校に通うが、主たる教育は、二年間在籍したバーミンガムとブライトンの美術工芸大学で受ける。フランスとスペインで何年か過ごすが、十五歳以降は主として英国に住む。作家アラン・シリトー（二〇一〇年四月逝去）と結婚後は、ロンドンに定住。詩、小説、オペラの台本を著すだけではなく、スペインの劇やポルトガルの詩を翻訳。諸メディアを通して批評活動も行う。一九九二年にはオペラ分野の功績によりローレンス・オリヴィエ賞、一九九四年には詩作分野の功績によりチャムレー賞を受賞。二〇〇七年からは王立文学協会特別会員。「メイマ＝ブハ」は、当初、『ザ・ジューイッシュ・クウォータリー』（一九五三年）に掲載されたが、後に、フェインライトが自ら編集した自作の短編小説集『生―その明と暗』（一九七一年）に収録されている。

メイマ＝ブハという老婆のことを思い出しました。メイマ＝ブハとどういう血のつながりになっているのか、正確なことは覚えていません。大おばだった、と思います。メイマ＝ブハの子供たちはすっかり大きくなり、ニューヨーク郊外のあちこちで、自分たちの暮らしに没頭していました。たぶん、メイマ＝ブハのことを少し恥ずかしく思っていたのかもしれません。あのときには病人になってしまっていたメイマ＝ブハは、この国にやってきたときに初めて住み着いた地区にある、二部屋の貧民アパート〔大都市の貧民街にあり、最低限度の設備しか施されていない、低家賃の共同住宅〕に、相変わらず住んでいました。一緒にいてくれる人は、メイマ＝ブハの面倒を見るために、メイマ＝ブハの家族に雇われた女の人一人だけでした。母かおばがニューヨークへ出かける機会があるときには、いつも、メイマ＝ブハのお見舞いに行っていました。わたしが十一歳の夏、ある日のこと、母がわたしをその見舞いに連れていってくれました。

　わたしたちは高架鉄道を使って行きましたが、客車はほとんど空っぽでした。八月初旬の乾燥した暑い日のことで、座席は、ほこりに汚れた窓から差し込んでくる日差しに照らされ、熟しきった黄色いバナナのように、鮮やかに輝いていました。わたしは麦わらで編まれている小さな六角形の模様にうっとり見とれ、降りる時間になるまで、口も利かずに腰掛けていました。

　いろんな物が散らかっている駅で鉄の階段を下りると、母とわたしは、調理済み食品の販売店、ドライクリーニング店、薬局などがぎっしり並んでいる下の通りに出ました。消火栓のキャップが外され、小さな子供たちの群れが、きゃーきゃー叫び声を上げながら、裸で水しぶきの中へ駆け込んでいました。わたしたちはがらんとした、きたない大通りを渡りました。反対側には、土が乾いて細かい灰褐色の粉末になってしまっている大きな空き地があり、そこにはごみ入れが二、三個置いてありました。ある種の銘柄のガソリンを宣伝している大きな広告板も一枚、ひっそりと立っていました。

背の高い、鈍褐色の建物の列が、また幾つか見えてきました。そのころは、とても暑くなっていました。とぼとぼ歩きながら、わたしたちはそういう建物の列を四つか五つ通り過ぎ、それから、開け放たれた、とある背の高い戸口を中へ入っていきました。戸口の片方には、呼び出し用のベルが一列に並んでおり、それぞれのベルの隣には、何も入っていない、さびついた表札入れが、一つずつ設けられていました。

ぎらぎら輝いているアスファルトの歩道を歩いた後でしたので、入り口のホールはひんやりとした、かび臭い洞窟《どうくつ》のように思われました。しかし母は、どう行ったらいいのか、心得ていました。この建物は、八階建てでした。通り過ぎていく部屋でこれまでずっと暮らしてきたすべての家族が使っている、石鹸《せっけん》にまみれた灰色のモップの臭いと、その人たちの食べ物が放っている、刺激性の強い臭いの中をくぐり抜け、わたしたちは、次第に速度を落としながら、ゆっくりと登っていきました。そしてついに、五階の踊り場と、メイマ＝ブハのドアにたどり着きました。

母がドアをノックしました。しばらくすると、メイマ＝ブハと一緒に住んでいる女の人がドアを少し開け、狭い透き間から、うたぐり深そうな目つきで外を覗《のぞ》きました。その人は、オリーブ色のこわばった顔をしている、五十五歳ぐらいの痩《や》せた猫背の女性で、足首まで届く黒ずんだ木綿の服を着込み、その上に、プリント模様のある黒ずんだエプロンをかけていました。

「しばらくでしたね、エッタさん。彼女《あのひと》の具合、どう？」

と、母が尋ねると、猫背の女性は、

「あまりよくありません。さあ、どうぞこちらへ」

と答えました。英語を使うことがめったにない人みたいに、その声は異様に聞こえました。

窓のない小さな部屋を通り抜け、猫背の女性は、メイマ＝ブハが寝ている次の部屋へ、母を案内していきました。メイマ＝ブハは、その部屋で横になったまま、一日中吹き抜けの向こう側に目を向け、窓が並んでいる反対側の壁をじっと見つめていました。

何もかも良く見ておきたいという思いに駆られ、わたしはぐずぐずしていました。部屋の一角には、黒い大きな旧式の鉄ストーブがあり、煙を通すパイプは汚れた天井まで届いていました。ドアの後ろには、小さなベッドが一つ置いてあり、灰色をしたウールの毛布がかぶせてありました。もう一方の壁には、黒い染みがついている木製のたんすが置いてありました。その部屋で見ることができる物は、一つ残らず見届けてしまってから、わたしはほかの人たちがいるところへ行きました。

ドアの内側に歩哨《ほしょう》のように立っている猫背の、小柄な女性の側を通り過ぎると、メイマ＝ブハが頭を持ち上げました。完全に麻痺《まひ》している訳ではありませんでした。背の高い鉄製のベッドに寝ていました。喉元が開いている、汚れたフランネルの寝間着を着ていましたので、首と色艶《いろつや》のさえない胸元の、たるんだ皺《しわ》だらけの皮膚が見えました。白髪が頭の周りいっぱいに突き出ていました。そして、泣いていました。淡灰色の目にわたしの姿が見えたとき、メイマ＝ブハはますます大きな声で泣きじゃくりました。メイマ＝ブハの寄る辺ない姿を見て当惑してしまったわたしは、母にぴったり寄り添い、ぎこちない口調でこう言いました。

「こんにちは。お具合はいかがですか」

しかし、メイマ＝ブハは英語を理解することができませんでした。生まれてからずっと、イディッシュ語〔高地ドイツ語方言にヘブライ系、スラブ系の言語が混じったもの。米国、英国、ヨーロッパ、ロシアに住むユダヤ移民の間で用いられている言葉〕しか話していなかったからです。メイマ＝ブハの顔には、涙がとめどなく流れ落ちていました。

「口づけをしておやり」

と、わたしを軽く押しながら、母がつぶやきました。

わたしは身をかがめ、メイマ＝ブハの頬《ほお》に口づけをしました。メイマ＝ブハは七十歳を超えていましたが、子供たちがお見舞いに来ることは、一度もありませんでした。しかし、メイマ＝ブハは子供たちのことはほとんど忘れてしまい、泣いているのは、自分が年老いているからというだけであって、ほかに理由は何もなく、自分自身に対する哀れみですら、その理由にはなっていないように思われました。

母がメイマ＝ブハの肩に手を触れました。すると、メイマ＝ブハは私の手を取り、わたしのために十字を切ってお祈りをしてくれました。それから、メイマ＝ブハは体の向きを変え、母と二人で、静かに、早口で話を続けました。話の邪魔になりそうなので動くこともできず、わたしは、メイマ＝ブハが何を言っているのか、一生懸命推し測ってみました。しばらくすると、メイマ＝ブハはわたしの手を離し、母の手を取ろうと、そちらの方向に自分の手を伸ばしました。わたしは窓の方へ行って外を見ました。斜めに張った幾列ものひもに干してある洗濯物の間から、五階下の中庭を見下ろしました。子供が二、三人、そこで遊んでいましたが、展望の角度が急であったため、子供たちは頭と足だけに姿が変わってしまっていました。わたしは、地の利を得たところから、子供たちのゲームを目で追っていきました。それから、部屋へ引き返しました。

寝具の臭いと病臭で、胸苦しくなりました。相変わらずドアの側に立っている猫背の女性は、退屈しているわたしの様子を嗅《か》ぎつけ、険しい目つきで、わたしの方にちらっと視線を流しました。わたしは縞模様が入っている木綿のスカートを見下ろし、指に挟んでひだをつけ、それから、母の椅子の方へ移動し、理解することができない二人の会話にあやされながら、その椅子にもたれかかっていました。

とうとう、母が立ち上がりました。自分もほとんど泣き出しそうになりながら、メイマ＝ブハに口づけをしました。それから、わたしの肩に手を回し、別れの挨拶《あいさつ》をするために、わたしを引き寄せました。わたしたちが帰ろうとしていることを悟った老婆は、さめざめと涙を流しました。このときは、目的をもって涙を流していました。メイマ＝ブハの濡《ぬ》れた口元、わたしの顔についている涙、母の異様な姿――英語とは異なる言語によって母は変容しているように思われました――わたしはこういうものから逃げ出したくてたまりませんでした。もう一度口づけをしてから、母は次の部屋へ入っていきました。わたしと猫背の女性は、母の後をついて行きました。

「さあ、これで新しい寝間着を買っておあげ」

と言いながら、母は紙幣を何枚か猫背の女性の手に押し込みました。猫背の女性は、何も言わずに、そのお金を受け取りました。

「ねえ、彼女、清潔じゃないわ。もっとよくお世話をしてあげないといけませんよ」

と、鋭い口調で母が付け加えました。

猫背の女性は、必ず全力を尽くします、と母に伝えました。ほかに言うことは何もなかったし、また、ほかにできることも何もなかったので、わたしたちは帰ることにしました。メイマ＝ブハの付き添いは手すりから体を乗り出し、わたしたちが一階に着くまで、じっと見ていました。

以前はとても不快に思われた通りが、今度は爽《さわ》やかで、明るく、甘い香りを漂わせていました。母は、物思いにふけりながら、わたしと並んで歩いていました。

「ねえ、分かったでしょう――年を取って子供たちに置き去りにされてしまうことが、どんなにひどいことか。メイマ＝ブハがほんとにかわいそう。恥ずべきことだわ」

と、母が言いました。

しかし、母が何を言おうとしているのか、わたしには分かりませんでした。ただ、老婆に会ってぞっとしたことだけは、忘れることができませんでした。

この何年か後に、メイマ＝ブハは亡くなりました。おばからの手紙を読んでその死を知ったとき、わたしはあのとき覚えたひどい胸のむかつきを思い出しました。子供たちが、メイマ＝ブハのために豪華な葬式を挙げてくれたということを、おばは手紙に書き添えていました。

恐怖時代の公安委員

トマス・ハーディ

A COMMITTEE-MAN OF 'THE TERROR'

Thomas Hardy

トマス・ハーディ
(1840-1928)

英国の小説家・詩人。石工の長男としてドーセットシャーに生まれる。十六歳で州都の教会建築家ジョン・ヒックスの徒弟。二十二歳でロンドンに出る。少壮教会建築家アーサー・ブロムフィールドの助手。二十三歳のとき、王立建築家協会の懸賞論文に当選。一時は芸術評論家を志すが、文学への思いを絶ちきれず、二十九歳で『窮余の策』を起稿、以降、作品を次々に発表。しかし、『日陰者ジュード』が非難を浴びると、長編小説を断念し、詩作に転じる。長・短編小説、詩集、ドラマなど、数多くの作品を著す。ケンブリッジ、オックスフォード両大学の文学博士。メリット爵位。王立建築家協会名誉会員。「恐怖時代の公安委員」は、一九一三年に出版された『変わり果てた男とほかの物語』に収録されている。

(注)恐怖時代とは、フランス革命において大量処刑が行なわれた、一七九三年三月ごろから翌年七月までの期間を指す。

私《わたくし》たちは、ジョージ王朝時代〔ジョージ一世―四世。一七一四―一八三〇年〕には栄華を極めた、例の古風な海浜保養地〔イングランド南西部ドーセットシャー。イギリス海峡に臨むウェイマスのこと〕のことを話し合っていた。その海浜保養地には、今でも、小豆色や灰褐色の煉瓦《れんが》で一八〇〇年代風に造られている、がっちりした建物が建ち並んでいるので、ソーホー通り〔ロンドン中心部。オックスフォード通りから分岐してソーホー・スクエアに至る通り。十九世紀中頃からは主として商業地区になっている、かつての高級住宅街への北の入り口〕かブルームズベリー通り〔ロンドン中心部。ジョージ王朝時代の建築様式（好まれた素材は煉瓦か石、色は通常赤色か黄褐色か白色、調和と均整、道路に沿った規則正しい建物の配置等が特色）を顕著に留め、かつては上流階級のタウン・ハウスとなった高級住宅に囲まれているベッドフォード・スクエアと大英博物館に挟まれた通り。新オックスフォード通りと交わる〕のような通りの片側がそこの海岸に移設されているように見えるし、またそのため、造りの堅牢《けんろう》さを見る目を持たない現代の観光客には笑われている。この物語を書いている私は、当時はまだ年端もいかない少年で、専ら聞き手として、その場に加わっていた。話は一般的な話題から特殊な話題へと進んでいったのだが、最後に、老H夫人が、少女だったころ母親から何度も聞かされた話——母親の知り合いで、フランス語の教師をしていたV嬢とかいう人の生涯に大きな影響を与えた家庭ドラマを、話してくれた。老H夫人は、八十歳になっても以前と変わることのない完璧《かんぺき》な記憶力の持ち主で、母親から聞かされたというその話を、そっくりそのまま、繰り返し語ってくれたので、私たちは、一人残らず、興味をそそられてしまった。V嬢にまつわる出来事は、この町の全盛期——一八〇二年から一八〇三年にかけて、我が国がフランスとの間に短い講和〔フランスの執政ナポレオンとイギリス、スペイン、オランダ三国との間に結ばれたアミアンの和約〕を結んでいた時期に、この町で起こった。

「何年か前、母が亡くなりましてからすぐ、物語の形にして書き留めておきました。今も、あそこの机にしまってありますわ」

と、老H夫人が言った。私たちは、

「読んでください」

とお願いしたのだが、老H夫人は、

「読めませんわ。明かりが足りませんもの。でも、結構よく覚えております――一語一語、言葉の綾《あや》も何もかも」

と答えた。

こういう次第で、私たちは注文をつける訳にはいかなかった。老H夫人が語り始めた。


もちろん、この物語には二人の人物が登場いたします――男の方と女の方です。女の方が初めて男の方に気づかれたのは、九月のある夕暮れ時でございました。その年の保養のシーズン全体を通して、エスプラネード〔ウェイマス湾沿岸に設けられている長い遊歩道〕にこれほど高貴な方々がお集まりになられたことは、一度もありませんでした。国王ジョージ三世陛下〔一七六〇―一八二〇年在位〕が、王女様や大公様〔王家の男子。世襲的に公爵位が与えられる〕を全員従えて台臨され〔王は、元々弟ウィリアム・ヘンリー（グロスター公）の別荘として建てられたグロスター・ハウスに、一七九〇年から投宿していたが、一八〇一年に専用の別荘として買い取った〕、同時に、三百名を超える一般の貴族〔王家以外の爵位保持者〕やその他の顕官たちも、そのとき町に来ておられました。四輪馬車やその他の乗り物が、ロンドンその他の場所から、ひっきりなしに到着していました。そのため、一台のみすぼらしい乗合馬車が、その中に混じって、ヘイヴンプール〔ドーセットシャー南東部の港市プールの創作名〕から海岸沿いの裏通りを通って町に入り、二流どころの宿屋の前で停《と》まりましたとき、ほかの乗り物に比較いたしますと、その馬車が人目を引くようなことはほとんどありませんでした。

ほこりを浴びたこの馬車から、男の方が一人降りてきました。わずかばかりの荷物を帳場に一時預かってもらうと、宿を探しているみたいに、通りを歩いていきました。

四十五歳ぐらいでした。ひょっとすると、五十歳になっていたかもしれません。色はあせておりましたけれども、極上の生地で仕立てたロングコート〔十八―十九世紀初頭に流行。裾が膝まで届く男性用の長い上着〕を着込み、どっしりとかさばった襟には、首巻き〔当時の男性が装飾として首に巻いたスカーフ状の布。レースの縁飾りが施してあるものが多く、前でまとめて結び、端は垂らす。ネクタイの前身〕がふさふさと束ねてありました。男の方は人目を避けたがっているように思われました。

しかし、しばらくすると、町の派手な賑《にぎ》わいが気になったようで、通りで出会った田舎の人に、どんな催し物が行われているのか、尋ねました。男の方の言葉遣いには、英語をうまく発音することができない人の訛《なまり》がありました。

田舎の人はちょっとびっくりして相手を見つめ、それから、

「ジャージ〔「ジョージ」の地方訛〕王様が宮中をあげて来ていなさるだ〔一七八九年にグロスター・ハウスの北側に建てられた四テラスハウス中の三棟を、王が廷臣用の補充宿所として購入〕」

と答えました。

外国からやって来られたこの男の方は、国王のご一行は長く滞在されるのかどうか、尋ねました。

「知らねえな、だんな。いつもと同じだと思うだ」

「いつもと同じじって、どれくらいですか？」

「十月の何日かまでだべ。八九年〔一七八九年〕から、夏になったら毎年、ここに来ていなさるでな」

男の方は、聖トマス通り〔実名〕を先へと進み、戻り水でできた港のよどみ〔ウェイ川の河口部〕に架かっている橋に近づいていきました。その橋は、当時も、今と同じように、町の古い地区〔ウェイ川の南側〕とより近代的な地区〔ウェイ川の北側〕とを結び合わせていました。橋は、西に傾いた太陽の光を、一杯に浴びていました。夕陽は港を河口に向かって照らし、男の方が目を西に向けますと、帽子のつばの下から目の中へと差し込んできました。その輝きを背にして、何人かの人影が反対方向に橋を渡っていたのですが、その人影の中に、後日わたしの母が知り合うことになりましたこの方、V嬢がいらっしゃったのでございます。V嬢はフランスの古い名門のお嬢様で、当時、年のころは二十八歳か三十歳、色白で背が高く、容姿には奥ゆかしさがありましたが、身なりは地味で――母の話によりますと――その日の夕方は、当時の流行に従って、小さなモスリンのショールを胸元で斜十字に組み合わせ、背中で結んでおられました。

母によく聞かされたことですが、差し込んでくる夕陽を浴びて、殊の外はっきり見えた男の方の顔が目に入った途端、お嬢様は、恐怖のあまり、小さな悲鳴を上げずにはいられませんでした。ご自分の身の上と関係のある、痛ましい理由があったのでございます。そして、それから二、三歩足を運んだ後、発作的に気を失い、橋の欄干にもたれたまま、くずおれてしまわれました。

男の方は、ご自分のことに気を取られていましたので、お嬢様にはちっとも気づいていなかったのですが、お嬢様の妙な倒れ方は、すぐ目に留まりました。さっと車道を横切ってお嬢様を抱き上げると、橋に隣接している最寄りの店に運び込み、外で具合が悪くなったご婦人だということを説明されました。

お嬢様は、すぐに気を取り直されました。しかし、助けてやった自分に依然として恐怖を抱き、しかもその恐怖が、完全に自制を取り戻すことができないほど大きなものであるということに気づき、男の方はどうしたらいいのか全く分からなくなってしまいました。お嬢様は、そわそわした早口で、馬車を呼んでもらうよう、店の主に頼まれました。

店の主は、頼まれた通り、馬車を呼びました。お嬢様と男の方は、店の主が留守の間ずっと、気詰りな沈黙を守っておられました。馬車がやって来ると、お嬢様は御者に行き先を告げて乗り込み、そのまま行ってしまわれました。

「あのご婦人はどなたでしょうか?」

と、男の方が尋ねました。店の主は、

「不躾《ぶしつけ》ではございますが、お客様と同じお国の方だと思いますけど」

と答えました。そして、その婦人がこの町にいるV嬢という方で、ニューボールド将軍家で家庭教師をしていることを、男の方に教えてあげました。

「この町には、外国の方が大勢いらっしゃるんですか？」

「いらっしゃいます。もっとも、その大部分はハノーヴァー家〔一七一四年から一九〇一年まで英国に君臨した王家。もともと、現ドイツのニーダーザックセン州に当たる地方を統治していた王家。アン女王に継承者がなかったため、英国王家と姻戚関係にあったハノーヴァー公の息子が英国王となり、ジョージ一世と称した〕の方々ですけど。しかし、講和が結ばれましてからは、上流社会の方々がずいぶんフランス語の勉強をなさっておられますので、どちらかと申しますと、フランス語の先生は引っ張りだこでございます」

「そうですか。私も教えることができます。専門学校のチューター〔個人教授を行う教師〕の口を探しております」

と、男の方は店の主に伝えました。

一市民が提供してくれたこの情報は、自分と国籍を同じくするこの女性の行動——実を言えば、その行動が問題だったのです——について、何も説明してくれないように思われましたので、男の方は店を出、もと来た道を引き返して橋を渡り、南側の波止場に沿ってオールド・ルームズ・イン〔一階がパブとなっている、二階建ての宿屋。実名〕へ行き、そこで宿泊の予約をなさいました。

自分を見て大きく動揺した女性のことが、町にやって来たばかりの、この男の方の念頭をなかなか離れようとしなかったのは、至極当然のことでございました。先ほどお話しいたしましたように、三十歳をあまり下回ってはいなかったのですが、自分と国籍が同じである上に、とても洗練された、たおやかな容貌の持ち主でもあるV嬢は、この中年紳士の胸に格別な関心を燃え立たせてしまってのでございます。大きく見開いてから怯《おび》えたようにそらされてしまった、お嬢様の大きな黒い瞳は、どんな男性でも心を動かされずにはいられない、哀愁に満ちた美しさを湛《たた》えておりました。

その翌日、何通か手紙を書き終えると、男の方は外出し、町の『案内所』兼新聞社にフランス語と習字の教師が町に到着したことを知らせ、書店にも同じ趣旨で名刺を置いてこられました。それから、当てもなくぶらぶらと先へ歩いていかれたのですが、かなり時間が経《た》ってから、とうとう、ニューボールド将軍家へ行く道を尋ねました。玄関で、自分の名前も告げずに、V嬢に会わせていただきたい、と申し出ましたところ、奥の小さな応接間に通されました。応接間に入ってこられたお嬢様は、びっくりして目を見張られました。

男の方の姿が目に入った途端、お嬢様は、息を切らせながら、

「まあ！　どうしてここまで押しかけてこられますの？」

と、フランス語で訊《き》かれました。

「あなたは、昨日、お具合が悪くなられましたでしょう。私がお助けいたしました。私が抱えてあげなかったら、車に敷かれていたかもしれません。もちろん、人として当然やらなければならないことをやっただけです。しかし、お元気になられたかどうか、お伺いにあがってもお許しいただけるのではなかろうかと思いまして」

お嬢様は顔を背け、男の方の言葉が、ほとんど一言も、耳に入っておりませんでした。お嬢様は、

「私は、あなたを憎んでおります。ひどい方です！　あなたに助けていただくなんて、真っ平です。お帰りください！」

と言われました。

「しかし、あなたは私のことをご存じないでしょう」

「存じ上げております。存じ上げすぎているくらい！」

「そうはどうもお見それいたしました。私はこの町へやってきたばかりで、私が承知している限りでは、あなたには一度もお会いしたことがありません。ですから、当然のことですが、私はあなたを憎んではおりませんし、また、憎もうにも憎めるはずがありません」

「あなたはBさんじゃありません？」

男の方はたじろぎました。そして、

「そうです――パリーでは。しかしここでは、Gということになっております」

と答えました。

「そういうことは、どうだっていいことです。あなたは私が申し上げている通りの方ですから」

「どうして私の本名をご存じなんですか？」

「あなたは私に気づいていらっしゃいませんでしたけど、何年か前、お会いしたことがあります。

以前あなたは、国民公会〔一七九二―九五年。フランス革命を推進した最高立法機関〕の管轄下にありました公安委員会〔反逆者や注意人物を逮捕した政治機関〕で、委員をなさっていらっしゃいましたね」

「おっしゃる通りです」

「あなたは、私の父、兄、おじ――私の身内のほとんど全員をギロチンにかけ、母を悲嘆のどん底に突き落としてしまいました。父や兄たちはただ沈黙を守っておりました。父や兄たちがどういうことを考えていたか、委員会は憶測しただけです。首を落とされた父や兄たちの亡骸《なきがら》は、見境もなくムソー墓地〔恐怖時代の犠牲者が葬られた墓地。『ニュー・エンサイクロペディア・ブリタニカ』によると、一万七千人が処刑された〕の溝に投げ込まれ、石灰で無茶苦茶にされてしまいました」

男の方はうなずきました。

「あなたのおかげで、私には友だちが一人もいなくなってしまいました。ご覧の通り、異国で独りぼっちです」

「申し訳ありません」男の方は、こうおっしゃいました。「結果につきましては申し訳ないと思っておりますが、目的につきましては、そういうふうには思っておりません。私がやりましたことは良心にかかわることで、あなたの目には見えない観点から申し上げますと、私がやったことは正しいことなのです。私は、鐚一文《びたいちもん》たりとも、懐には入れておりません。しかし、このことについてとやかく申し上げるのはよします。私も国を追われてしまいました。金はなく、仲間には裏切られ、あなたと同じように友だちが一人もいない状態でここに来ている私をご覧になって、満足していらっしゃることでしょう」

「そんなこと、私にとりましては、ちっとも満足できることではありません」

「それはそうでしょうけど、やってしまったことを元に戻すことはできません。そこで、お尋ねいたしますが――すっかりお元気になられたでしょうか？」

「あなたへの嫌悪感と恐怖感からは立ち直っていませんけど、ほかの点につきましては、すっかり元気になっております」

「それでは、これで失礼いたします」

「さようなら」

ある日の夜劇場で再会するまで、お二人は二度と出会うことはありませんでした――母の友人でありましたV嬢は、そのころ、将来母国で英語の教師になりたいと考えておられましたので、英語の発音をすっかりものにするため、周りの人たちに勧められ、やっとのことで、劇場を頻繁に訪れるようになっていたのでございます。気がつくと、隣に男の方が座っていましたので、お嬢様は青ざめ、落ち着きを失ってしまわれました。

「まだ私を怖がっていらっしゃるんですね？」

「そうです。分かっていらっしゃるはずでしょう！」

男の方は、分かっていることを、身振りで伝えました。

しばらくしてから、男の方が、

「劇についていくのがやっとです」

と言いますと、お嬢様は、

「私もです――今は」

とお答えになられました。

男の方は、長い間、お嬢様をじっと見つめていました。お嬢様は、自分が見つめられていることに、気づいておられました。そして、舞台に目を注いでいるうちに、お嬢様の目は涙で一杯になってしまいました。それでも、お嬢様は動こうとはなさいませんでした。

出し物は、ほかでもありません、アブソルート大尉にS・ケンブル氏〔スティーヴン・ケンブル。英国の名優。一七五八―一八二二年〕を配した、シエリダン〔リチャード・B・シエリダン。アイルランドの劇作家。一七五一―一八一六年〕の『恋敵』〔一七七五年の処女作。軽妙な才気の煥発と歯切れのいいプロットの展開で知られる〕という愉快な喜劇だったのですが、お嬢様の頬《ほお》から涙が流れ落ちているのが見えました。お嬢様が悲痛な思いをしていらっしゃるということと、お嬢様の心が舞台に注がれていないということが分かりましたので、蠟《ろう》燭《そく》の芯《しん》を切る時間〔当時の劇場照明は蠟燭。燃えて黒くなった芯を蠟燭係が切り取って照度を回復させる〕に、男の方は突然座席から立ち上がり、劇場を出ていかれました。

男の方は旧市街、お嬢様は新市街に住んでいらっしゃいましたが、お二人はお互いの姿を遠くから頻繁に見かけておられました。ある日、お嬢様が、港の北側にある渡し場の近くで、対岸へ渡る船を待っておられましたとき、そういうことが起こりました。男の方は、コヴ・ロー〔ウェイ川南岸にある半月形の通りの名称。実名〕に近い、向かい側の渡し場に立っていました。船が着いたとき、お嬢様は船には乗り込まず、渡し場から退いてしまわれました。しかし、男の方がまだそこにいるかどうか、確かめようと思って目を向けてみますと、男の方が渡し船の方を指さしているのが見えたのでございます。

「お乗りなさい！」

と、お嬢様の耳に届くほどの大きな声で、男の方が叫びました。

お嬢様はじっと立っておられました。

「お乗りなさい！」

と、男の方は、もう一度、大きな声で言われました。しかし、お嬢様が動こうとなさいませんので、更にもう一度、同じ言葉を繰り返しました。

お嬢様は本当に川を渡るつもりでおられましたので、今度は渡し場の方へ近づき、石段を下りて船に乗り込まれました。目は上げられませんでしたが、男の方がずっと自分を見つめていることが、お嬢様には分かっていました。船着場の石段で、上の方からさし伸ばされている手が、帽子のつばの下から見えてきました。石段は勾配が急で、つるつるしていました。

「結構です。あなたが本当に神様を信じ、罪に汚れたご自分の過去を悔い改めていらっしゃるのでしたら、別ですけど！」

と、お嬢様が言われました。

「あなたが苦しい目に遭わされたことにつきましては、申し訳ないと思っております。しかし、私は《理性》という神しか信じておりませんので、悔い改めるようなことはいたしません。私は国の大義を果たす道具になっていました。あなたのお友だちが犠牲になられたのは、絶対に、私自身の目的のためではありません」

この言葉が耳に入ると、お嬢様は手を引っ込め、男の方の手を借りずに、石段をよじ登っていかれました。男の方は先へ進んで見張り丘〔ウェイ川の南側、川と平行して東に突き出ている小高いノース岬の古名。イギリス海峡を一望の下に見渡すことができる〕を登り、頂のかなたへと姿を消してしまいました。お嬢様も、同じ方向へ向かっておられました。預かっている幼い二人の少女が、崖《がけ》の方へ散歩に出かけていましたので、その二人を家へ連れて帰るよう、言いつけられていたからでございます。丘の頂で少女たちに合流したとき、もっと先の突端に、海を背景にしてじっとたたずんでいる男の方の孤独な後ろ姿が見えました。教え子たちと一緒にいる間ずっと、男の方はたたずんだまま、振り返るようなことはなさいませんでした。船泊《ふなどまり》に停泊しているフリゲート艦を見つめていらっしゃるようでしたが、むしろ、自分がどこにいるかということも忘れて、物思いにふけっていらっしゃったのでございましょう。その場を立ち去るとき、子供の一人が食べていたスポンジ・ビスケットを半分投げ捨ててしまいました。近くを通りかかったとき、男の方はかがみ込んでそのビスケットの欠けらを丁寧に拾い上げ、ポケットに入れました。

〈あの方は食べる物に困っていらっしゃるのかしら？〉お嬢様は、ご自分にこう問いかけながら、家に帰ってこられました。

その日からずいぶん長い間、男の方の姿を見かけませんでしたので、すっかりどこかへ行ってしまったものと、お嬢様は思っておられました。ところがある日の夕方、一通の短い手紙が届きました。手を震わせながら封を切ると、手紙にはこう書いてありました。

私はここで病に臥《ふ》せっております。そして、ご存知の通り、独りぼっちです。万一の死に備えまして、つまらないことですが、誰かにやっていただきたいと思っておりますことが、一、二ございます。しかし、もし避けることができるものでしたら、ここの人たちには頼みたくありません。どうか一抹のお情けをお寄せくださいまして、手遅れにならないうちにここまでお運びいただき、私の願いをお聞き届けいただくことはできませんでしょうか？

ところで、お嬢様はどうだったかと申しますと、男の方がビスケットの欠けらを拾い上げるのをたまたま目撃したときから、自分と母国を同じくする人に、心配とまではいかなかったでしょうが、好奇心以上の何かを、知らず知らずのうちに感じ始めておられました。そのため、男の方の懇願に逆らうことは、他人を気遣う、感じやすい心を持っていらっしゃるお嬢様には、できないことだったのでございます。そのとき男の方が寝泊りをしていたのは——出費を切り詰めるために、男の方はオールド・ルームズ・インから引っ越しておられました——この町を訪れる上流の人たちがめったに足を踏み入れることのない、旧市街の狭い、急な坂道を半ば登り詰めたところにある、とある店の二階の一室であることが分かりました。ちょっと不安な思いを抱きながら、お嬢様はその店に入っていきました。そして、男の方が寝ている部屋へ通されました。

「あなたは本当に思いやりのある方です。本当に思いやりのある方です」

と、男の方はつぶやき、しばらくしてから、

「ドアを閉める必要はありません。その方が、あなたは安心されるでしょうし、それに、私たちが何を話しているのか、この家の人たちには分からないでしょうから」

と言われました。

「困っていらっしゃるのですか？　何か差し上げられるものでも——」

「いや、そういうことはありません。ただ、体が弱って自分ではできない些細《ささい》なことを、一、二あなたにしていただきたいだけなんです。この町で私の正体を知っているのは、あなた一人だけですから——ほかの誰かに話してはいらっしゃらないでしょうね？」

「誰にも話しておりません……悲しかったあのころ、あなたは大義に基づいて行動なさったのかも、

しれないと思いましたの。たとえ――」

「そこまで譲歩していただくとは、二、三の書類は自分で処分することができました……しかし、ありがとうございます。しかし、話を今のことに移しましょう。これほど体が弱らないうちに、二、三の書類は自分で処分することができました……しかし、あそこの引き出しに、リンネルの服が何着か入っております――ほんの二、三着ですけど――見ればそれと分かるイニシャルが付けてあります。そのイニシャルを、小刀で剝《は》がしてくださいませんでしょうか？」

お嬢様は言われた通りに探して服を見つけ、文字の縫い目を切り取ると、その服を元の場所に戻しました。そして、万一死ぬようなことがあったら投函する、と約束してもらった一通の手紙をお嬢様に手渡し、男の方の頼みごとはすべて完了いたしました。

男の方はお礼を言いました。そして、

「私のことを可哀想だと思ってくださってるようですね。だから、びっくりしております。可哀想だと思ってくださってるんですね？」

とつぶやきました。

お嬢様は、この質問をそらし、

「悔い改めて、神様をお信じになられますか？」

と訊かれました。

「いいえ」

お嬢様だけではなく、ご本人が抱いておられた予想にも反し、とても遅々とはしておりましたが、男の方は回復されたのでございます。しかし、男の方がお嬢様に与えた影響は、お嬢様が自覚されている以上に深いものであったにもかかわりませず、このとき以来、お嬢様の態度は以前よりもよそよそしくなってまいりました。何週間かが過ぎ去り、五月になりました。このころのある日、お嬢様は海岸沿いに北の方へゆっくり歩いている男の方に出会いました。

「ニュース、ご存じでしょう?」

と、男の方が尋ねました。

「フランスと英国の間がまた決裂した〔アミアン和約の破棄〕というニュースのことですね?」

「そうです。私たちの国で観光旅行をしていた罪のない英国人を、ボナパルトが高圧的に捕らえてしまいましたので、敵対感情はこの前の戦争のときよりも強くなっています。激しい長期戦となり、英国でこっそり暮らしていきたいという私の望みは、挫折ということになりそうな気がします。これをご覧になってください」

男の方が、当時その州に行き渡っていた唯一の新聞〔ドーセットシャーのシャーボーンで発行され、広くウィルトシャーからコーンウォルまで、イングランド西南部一円に配布されていた週刊地方紙『ウェスタン・フライング・ポスト』(一七四九―一八六七)を作者は念頭に置いていたものと思われる〕の切抜きを、ポケットから取り出しますと、お嬢様はその記事を読まれました。

外国人条例〔一七九三年に制定。革命思想の伝播を防ぐため、フランスから流入する政治難民の厳重な監視と行動の規制を意図したもの〕に基づいて職務を執行している治安判事〔国王によって任命され、担当管区の治安維持に当たる司法官〕は、我が州の町やその他の場所でフランス語のチューターを雇用している専門学校と、我が国で教師だと自称しているフランス国籍の人物すべてに対し、鋭い監視の目を向けるよう要請されている。彼らは我が国民と一緒に生計を立て、家庭を営んできたが、その多くが我が国にとって積年の敵かつ逆賊であることは、周知の事実である。

男の方は話を続けました。

「宣戦が布告されましてから、この町に住んでいる比較的粗野な階層の人たちが私に対して示しております態度に、著しい違いが見えてきました。万一大戦争が起こるようなことになりますと――きっと、すぐにそういうことになりましょう――一般の反感はますます募り、身をやつして得体の知れない仕事をやっている者が、この町に留まることはできなくなってしまうでしょう。あなたの場合は、お仕事と素性が知られておりますから、私の場合ほど厄介ではないかもしれませんが、それでもやはり、不愉快でしょう。実は、ご提案申し上げたいことがあります。おそらくお気づきになっていらっしゃることでしょうが、あなたに対する私の深い同情は愛情へと高まっていきました。そこで、はっきり申し上げますけど、私と婚約を結んでいただくことによって、あなたを守る資格を私に与えてくださいませんでしょうか？　確かに、私はあなたより年を取っています。しかし、夫婦としてなら、一緒に英国を出ることができますし、世界中どこの国へだって行くことができます。もっとも、家庭を築くのに一番有望な場所としてご提案したいのは、カナダのケベックですけど」

「とんでもありません！　びっくりさせないでください！」

と、お嬢様は言われました。

「しかし、私の提案を受け入れてくださいますでしょう？」

「できません！　絶対に！」

「それでも、受け入れてくださると思います。いつかは！」

「そういうことはないと思います」

「今、これ以上あなたを苦しめるのはよします」

「ありがとうございます……あなたが以前よりもお元気になっていらっしゃるように見えますので、うれしゅうございます。つまり——正確に申し上げますと、お顔色が以前よりもよくなっていらっしゃいます」

「おっしゃる通り、快方に向かっています。日差しを浴びながら、毎日、散歩をしております」

ほとんど毎日、お嬢様は男の方を見かけました——あるときは、ただ固苦しく会釈をするだけでしたが、またあるときは、礼儀正しく丁重な言葉を交わすこともありました。ある日、こういうふうにして顔を合わせたとき、

「まだ英国を出てはいらっしゃらないのですね」

と、お嬢様が訊かれました。

「はい。今のところ、あなたと一緒でなければ、出ようとは思っておりません」

「でも、ここは居心地がよくないのでしょう？」

「多少は。それで、いつになったら、私に情けをかけていただけるんでしょうか？」

お嬢様は首を横に振り、先へ進んでいかれました。しかし、お嬢様は少し心を動かされていました。「あの方は大義に基づいてお仕事をなさったのだわ。父や兄たちにちっとも敵意は抱いていらっしゃらなかったし、また、懐を肥やすようなことも、全くなさらなかったのだわ！」と、よくつぶやいておられました。

〈あの方はどんな暮らしをなさっていらっしゃるのかしら？〉お嬢様は考え込まれました。お嬢様が思っていたほど貧しいはずがないことは、明らかでした。〈貧しい振りをしていらっしゃるのは、人目を避けるためなのかもしれない〉本当にそうなのかどうか、お嬢様にははっきり分からなかったのですが、ご自分が男の方に危険なほど関心を抱いているということには、気づいておられました。

それからも男の方はますます快方に向かい、とうとう、痩《や》せこけて青白くなっていた顔が丸みを帯び、がっちりした顔になってきました。そして、男の方が快方に向かうにつれ、以前よりも一層しつこく持ち出された例の懇請に、お嬢さんは直面しなければならなくなりました。

保養のシーズンに、国王がいつもの通り宮中をあげてやって来られ、そのため、母国を追われたこの二人の孤独な同胞にとり、事態はクライマックスへと立ち至ることになりました。厄介なことに、国王がフランスに危険なほど接近している海浜地帯をお好みになられましたので、滞在中の王族を護衛するため、軍による厳重な警戒を敷くことが必要になってまいりました。六隻のフリゲート艦が、毎晩、湾〔現ウェイマス湾のこと〕を横断して一列に配置され、さらに、水際に一列、エスプラネードの後ろに一列と、合計二列の歩哨《ほしょう》が、毎晩八時を過ぎると臨海地区を占拠してしまいました。この海浜保養地は、V嬢ご自身にとっても、だんだん住みにくくなってまいりました。生徒を一人も持ったことのない、この見慣れないフランス語の個人教師兼習字の先生に寄せておられた友情が、お嬢様を少しばかり知っている多くの方々に注目されていたからでございます。お嬢様がお世話になっていた将軍夫人は、男の方との付き合いは止めるようにと、再三注意しておられました。一方、ハノーヴァー系その他の外人部隊の兵士たちは、男の方の国籍を探り出してしまったので、お嬢様を慇懃《いんぎん》に扱うことを自分たちの責務と決め込んでいる優形《やさがた》の英国軍人よりも、ずっと攻撃的になっていた〔この背景には、例えば一八〇三年に、ハノーヴァー公国がフランス軍に占領されるという歴史的な事実がある。ちなみに、ナポレオンは英国には足を踏み入れていない〕のでございます。

こういう緊迫した状況の中で、お嬢様の返事は以前よりも乱れてきました。

「とんでもありません！　あなたと結婚するなんて、できる訳ありませんでしょう！」

と、よく言っておられました。

「結婚してくださいます！　きっと、そうしてくださいますとも！」男の方はこういう返事を繰り返しておられました。「あなたと一緒でなければ、この国を出るつもりはありません。それに、ここに留まっていますと、そのうち治安判事に呼び出され、尋問を受けることになりましょう。投獄されることになるかもしれません。一緒に来ていただけますでしょう？」

お嬢様は自分の防備が崩れ落ちていくような思いがいたしました。どんなに理性を働かせても、また、どんなに一門の名誉ということを意識されても、それとは逆に、尋常とは思われないある渇望によって、憎しみの上に築かれた愛を男の方に対して抱き始めておられました。あるときには、愛の炎がほかのときよりも低くなることがありました。そういうときには、ご自分のとられた態度の異常さが、ひときわ異彩を放ちながら、姿を現してきたのでございます。

それから間もなくして、顔に諦めの表情を浮かべながら、男の方がやって来られました。そして、こうおっしゃいました。

「私が予想していた通りになりました。それとなく、出ていくように、と言われてしまいました。本当のことを申し上げますが、私はボナパルトの政策は支持しておりません――英国にはちっとも敵意は抱いておりません。しかし、国王が台臨していらっしゃるため、はっきりした職にも就かず、ひょっとしたらスパイかもしれない外国人が、野放しの状態でこの町に留まることはできなくなってしまいました。当局は、丁重ではありますが、毅然《きぜん》とした態度をとっておられます。当局の言い分は、終始一貫、筋が通っています。分かりました。私は出て行かなければなりません。あなたもぜひ一緒にいらしてください」

口には出されませんでしたが、お嬢様は目を伏せたままうなずき、同意していることを伝えました。

エスプラネードに面したところにある家へ帰る途中、「いいんだわ、いいんだわ、これで！　ほかにどうすることもできなかったんだから。善をもって悪に報いるということになるんだわ！」と、お嬢様はご自分に言い聞かせておられました。しかし、こうすることによって、ご自分をどんなに欺いているかということに、お嬢様は気づいておられましたし、また、男の方の申し出を受け入れる際、道義心がちっとも働いていなかったということにも、気づいておられました。実を申しますと、敵《かたき》と不信心の権化と言い伝えられてきました、この孤独で厳格な男性に対して、ご自分の心の中に知らず知らずのうちに芽生えていた感情の存在に、このときまで、お嬢様は十分気づいていらっしゃらなかったのでございます。男の方はお嬢様の天性をすべて吸収するばかりではなく、吸収しながら、その天性を支配しているように思われました。

結婚式を挙げることにしていた日の一両日前、お嬢様と同じ国の方で、英国にいるただ一人の女性の知人から、たまたま、一通の手紙が届きました。相手が誰であるかは伏せたまま、自分は近く結婚することになっているということを、お嬢様はその方には知らせておられました。このお友だちのご不幸はお嬢様ご自身のご不幸とやや似通っていましたので、そのことが一つの動機となって、お二人は親しくなっておられました。モンマルトル修道院の尼僧だったその方のお姉さんは、お嬢様の婚約者がその一員となっていたのと同じ公安委員会の手によって、断頭台で非業の死を遂げられたのでございます。手紙の送り主は、戦争が再開されてから、最近また、自分の置かれている境遇をしみじみと思い知らされている、と書いておられました。そして、共に肉親を失うという不幸と、それに続くさまざまの苦難を作り出した張本人を改めて弾劾する言葉を綴りながら、その手紙を結んでおられました。

丁度というときに届きましたので、この手紙の内容は、夢遊病者に浴びせられたバケツ一杯の水にも等しい効果を、お嬢様に与えました。〈こんな男の人と婚約するなんて、とんでもないことをしてしまったわ！　婚約後は、自分で自分を親族殺しにしてしまってるんじゃないかしら？〉こういう感情の危機に陥っているとき、お嬢様に愛を寄せていらっしゃる方が訪ねてこられました。震えているお嬢様の姿を、男の方はじっと見つめました。そして、男の方の問いに答えるとき、お嬢様はとっさの衝動に駆られ、良心の呵責《かしゃく》を包み隠すことなく伝えてしまわれました。

このようなことをするつもりはなかったのですが、男の方の優しく命令するような態度に促され、お嬢様は心の内を率直に打ち明けてしまわれたのでございます。するとそのすぐ後で、男の方はこれまで一度も目にしたことがないほど動揺し、

「しかし、そういうことはすべて終わってしまったことです。あなたは《慈愛》の権化みたいな方ですし、それに、過去は水に流すと、私たちは誓い合ったじゃありませんか」

と言われました。

この言葉は、お嬢様の心をその当座は慰めてくれました。しかし、お嬢様が悲しそうに黙り込んでいましたので、男の方はそのまま帰ってしまわれました。

その夜、お嬢様の夢に――生涯を終えるまで、固く信じておられたことですが――神に遣わされた幻が現れたのでございます。亡くなったご親族――父、兄、おじ、いとこ――の行列が、寝室でベッドと窓の間を横切っていくように思われました。目鼻立ちを確かめようとしましたところ、一同に首がないということと、見慣れている服だけで親族だということが分かったということに、気づかれました。朝になっても、お嬢様はこの亡霊がご自分の神経に与えた影響を払いのけることができませんでした。その日は終日、お嬢様に愛を求めていらっしゃる方は姿を見せられませんでした。お二人の出発の準備に、手を奪われていたからでございます。夕闇――結婚の前夜が近づいてまいりました。しかし、男の方の来訪が心の支えになってはくれましたものの、独りになってしまうと、一門に対する義務感が以前にも増して強くなってきました。しかしそれでも、お嬢様は、〈独りぼっちで、身の回りを守ってくれる人は誰もいないのに、この土壇場になって出かけていき、愛していることを同時に認めながら、結婚することはできない、また、そうする意志もないということを、夫とすることを約束した方に繰り返し言明するなんてことが、どうしてできましょう?〉と、ご自分に問いかけておられました。こういう事態が、お嬢様の心をかき乱してしまいました。お嬢様はすでに家庭教師の仕事を辞め、乗合馬車出札所の近くに部屋を借りて仮住まいをし、首尾よく結婚して英国を出るため、男の方が次の朝訪ねてくるのを、その部屋で待っておられたのでございます。

賢明なことだったのか、愚かなことだったのか分かりませんが、安全な道は逃亡以外にない、とV嬢は心に決めてしまわれました。男の方が近くにいると、その影響があまりにも大きく、理性を働かせることができませんでした。わずかな持ち物をまとめて荷造りをし、まだ支払っていなかった、少しばかりの部屋代をテーブルの上に置くと、こっそり部屋を抜け出し、ロンドン行きの馬車に何とか座れる座席として最後まで残っていたところを、やっとの思いで、確保なさいました。そして、ご自分が取られた行動を十分吟味されないうちに、ほの暗い九月の夕闇の中を、町から出ていかれたのでございます。

この突飛な手段を採ってしまってから、お嬢様は、ご自分の行動が道理に適《かな》っているかどうか、じっくり考え始められました。〈あの方は、その名を聞くと、文明世界の人たちが恐怖を禁じえなかった、あの悲惨な委員会の一員だったけど、何人かの委員の中の一人にすぎなかったし、最も活動的な委員でもなかったようだわ。あの方は大義に基づいていろんな人の名前を書きつけられたのであって、犠牲者に対して敵意はちっとも抱いていらっしゃらなかったし、また、ご自分が就いておられた公職によって、鐚一文、私服を肥やされた訳でもなかった。過去を塗り替えるなんて、できるものではないわ。一方、あの方はわたしのことを愛してくださってるし、わたしの心も、過去から切り離すことができる分だけ、あの方へ傾いてる。あの方が勧めてくださった通り、記憶に残る過去は葬り、結婚することによって新たな人生を切り開いてもいいのではないかしら？　別の言葉で言い換えると、結婚を取り消したところで何も得るところがないのであれば、心に宿っているこの愛を思う存分叶《かな》えてやっていいのではないかしら？〉

馬車に座って内省にふけりながらカスターブリッジ〔ドーセットシャー州都ドーチェスターの創作名〕とショツフォード〔ドーセットシャー、ブランドフォードの創作名〕を通り過ぎ、メルチェスター〔ウィルトシャー、ソールズベリーの創作名〕のホワイト・ハート〔「白い雄鹿」。実名のホテル〕に到着したのですが、ここで、お嬢様の新たな意図の骨組みが、すべて、粉々に崩れ落ちてしまったのでございます。お嬢様はこう思われました。〈ここまできた以上、ぐらぐらしない方がいい。ことは成り行きに任せ、わたしにこんなにも大きな感銘を与えてくださった男《ひと》と、思い切って結婚した方がいい。あの方はとても立派な方だわ！　それにひきかえ、わたしは何とつまらない！　それなのに、あの方を批判するという、おこがましいことをしてしまったんだわ！〉こう思うと、お嬢様は、馬車の座席を手に入ったときと同じくらい衝動的に馬車から飛び降り、乗ってきた馬車が走り出すのを待ちました。後で思い返してみますと、星空を背にしながら走り出していく屋上席の乗客の中に、お嬢様の心をはっとさせた人影があったのでございます。しばらくすると、下りの馬車《モーニング・ヘラルド〔朝の使者〕

号》が町に入ってきましたので、お嬢様は急いで屋上席に乗り込まれました。

お嬢様は、「ぐらぐらするのはよそう――あの方のものになろう――たとえ不滅の魂を犠牲にすることになっても！」と、ご自分に言い聞かされました。そして、息遣いを乱しながら、つい今しがたたどってきたばかりの道を引き返していかれました。

夜が明けるころには、王家ご愛顧の海浜保養地に到着されました。お嬢様が最初にしようと思われたのは、最後の二、三日を過ごすために借りていた部屋に帰ることでした。いらいらした呼び声に応えておかみさんが戸口に現れたとき、お嬢様は、突然出てしまったのに、なぜまた急に引き返してきたのか、その訳をできるだけよく説明なさいました。そして、もう一日部屋を借りる契約を結び直すことが了承されましたので、二階の部屋に上がり、息を切らせながら腰を下ろしました。お嬢様は戻って来られました。しかし、お嬢様のこの無鉄砲な心変わりは、その心変わりとかかわりのあるただ一人の方には、ついぞ知らされることがなかったのでございます。

封をした一通の手紙が、マントルピース〔伝統的な洋式暖炉の上部に、木材、石材、タイルなどで作られている飾り棚〕の上に置いてありました。

「そうです。あなた様あてのお手紙です、お嬢さん」後からついてきたおかみさんが言いました。「だけど、どうしたらいいのか、迷っておりました。昨晩、あなた様がここを出ていかれた後で、町のメッセンジャーが届けてくださったんです」

おかみさんが部屋を出ていったとき、V嬢は封を切り、手紙を読まれました。

心から敬愛する私の友へ

私たちがお付き合いをしている間、あなたはご自分が抱いていらっしゃる不安について、ちっとも隠し立てをなさいませんでした。しかし私は、自分自身が抱いている不安については、お話しすることを遠慮しておりました。これが、あなたと私の違いです。たぶんお気づきになっておられないでしょうが、私たちの結婚という問題についてあなたが感じてこられたのと全く同じ不安を、私も自分の心に抱いておりました。その結果、たまたま昨日、後悔していらっしゃるということを、あなたは思わず口に出してしまわれました。あなたの面前で私は機械的にお咎めいたしましたが、あなたが口に出されたことは、私たちの結婚が賢明かどうかということについて私自身が抱いておりました疑念の一つとして、最後まで残っていたことでした。後悔していらっしゃるということをあなたが口に出されたため、私の疑念は、もはや抵抗することができないほど、強力なものになってしまいました。帰宅してよく考え、心から敬愛申し上げておりますけれども、あなたをご自由にしてあげる決意をいたしました。

《自由》という大義に人生を捧げてきた者、おそらくは犠牲にしてきたと言えるかもしれない者としまして、あなたのご判断(おそらくは永久不変のご判断)を、一時的なものかもしれない感情によって、解き放つことができないほど縛りつけたままにしておくことを、私は許すことができません。

この決意を口頭であなたにお伝えすることは、私たち二人にとり、拷問にも等しいものになりましょう。そのため、手紙という、苦痛のより少ない手段を選びました。この手紙があなたのお手元に届かないうちに、私はロンドン行きの夜行馬車で町を出てしまっていることでしょう。そしてロンドンに着きましたら、私のその後の行動は誰にも知らせないことにしております。

私は死んだものとお考えください。そして、あなたを尊敬し、いつまでも忘れることなくお慕い申し上げておりますこの思いを、もう一度はっきり、あなたにお伝えいたしますことをお許しください。

衝撃的な驚きと悲しみから立ち直ると、馬車が夜明け前にメルチェスターを発《た》つとき、星空を背にした屋上席の乗客の中に、お友だちの姿に似ているため一瞬はっとした人影があったことを、お嬢様は思い出されました。お互いにお互いの意図は全く知らないまま、また、闇に遮られてお互いに気づくこともないまま、お二人は同じ馬車で町を出ておられたのでございます。「偉大なあの方は目的を貫き、つまらないわたしは引き返してしまいました！」と、お嬢様は言っておられました。

茫然自失《ぼうぜんじしつ》の状態から我に返ると、V嬢は、最近起こったいろんな出来事のため疎遠になってしまっていたニューボールド夫人のことを、思い出されました。そして、胸を一杯にしながら夫人を訪ね、事の一部始終を細かく説明されました。ニューボールド夫人は、お嬢様の人生におけるこの挿話的な出来事に対して、ご自分の意見を述べることは差し控え、独り取り残されてしまった花嫁を、家庭教師として、以前の職に復帰させてあげました。

生涯を終えるときまで、V嬢は家庭教師をお続けになられました。フランスとの最終的な講和が実現した後、お嬢様はわたしの母と知り合い、ご自分が体験なさったことを、少しずつ、母に打ち明けられました。髪の毛が白くなり、目鼻立ちがやつれてきたころ、〈わたしを愛してくださった方は、もし生きていらっしゃるとすれば、世界のどこで人目を忍んでおられるのかしら？　もう一度会える機会があるのかしら？〉と、V嬢はよく思っておられました。しかし、二〇年代〔一八二〇年代〕のあるころ、まだ決して高齢とは言えないのに亡くなられたとき、夜明けの星を背にしたあの人影が、一門の敵《かたき》であると同時に、一度は夫とすることを約束した方を垣間見た最後の姿として、お嬢様の心に残っていたのでございます。

一八九五年

白い鹿

バッド・シュルバーグ

OUR WHITE DEER

Budd Schulberg

バッド・シュルバーグ
(1914-2009)

ニューヨーク生まれ。ユダヤ系の作家。文学、法学、ヘブライ語・ヘブライ文学博士。母校ダートマス大学やコロンビヤ大学で教える。アメリカ文学協会賞その他、数々の賞を受賞。父がパラマウント映画界の領袖であった関係上、幼い頃から成功と失敗が渦巻くハリウッドを直視しながら過ごす。一九四一年、『何がサミーを走らせる』で文壇にデビュー、ベストセラーとなる。第二次大戦中は戦略軍事局(OSS)に所属し、強制収容所の解放やニュルンベルク裁判に貢献した。一九五四年、『ウォーターフロントで』がアカデミー賞、ベニス映画祭賞を受賞。小説家は芸術家兼社会学者でなければならないという信念のもと、民衆のための文学を目指しながら、物質的成功に伴う心の喪失を、リアリスティックに描く。長・短編小説、ドラマなど、多くの作品を著す。「白い鹿」は、一九五三年に出版された『群集の中の顔』に収録されている。

去年の秋の初め、ある日の午後、僕たちは久しぶりに遠く離れた牧場の果てまで出かけ、地下のクラブハウスで会合を開いた。クラブハウスは、その年の夏、弟のデイヴィと僕が掘り、松の枝とタールを染み込ませた紙ですっかり覆い隠しておいたものだ。僕たちが丁度その秘密の穴をよじ登って出ようとしていたとき、ジェリフさんが馬にまたがり、垣根のジェリフさん側に沿ってやって来た。ジェリフさんはとても金持ちだ。口ひげを生やして大きな赤ら顔をし、僕たちの家の十倍ぐらいある家を持っている。

近所の人たちは、あまりきざなことはしない。物を書くとか、絵を描《か》くとかいったようなことをしたり、庭でぐずぐずしたり、あるいは、野原に出て長い散歩をしたりするだけだ。つましい生活――近所の人たちが自分たちの暮らし方をこう呼んでいるのを、僕たちはいつも耳にしている。ところが、ジェリフさんはどうかというと、そのつましい生活をかなり豪華にやっている。馬に乗り、猟犬を引き連れて狐狩りに出かけるとか、遊猟の朝食会を開催するとかいったような、大げさなことをしている。これは、見方によれば、ちょっとおかしなことだ。なぜなら、つい二、三年前、ジェリフさんが初めてここに現れたときには、馬に乗ることすらできなかったからだ。あそこをぺたっとくっつけ、相変わらずみっともない格好をして馬を乗り回しているのだが、ジェリフさんが大金持ちなので、誰も面と向かって笑うようなことはしない。ジェリフさんは、戦いに勝つために、軍が銅とか綿とかいったような物をとても必要としていたとき、それを買占めてしまったことがあるのだが、父の話では、幾らかでも金を増やすためには、それ以外に方法はなかろう、ということだ。あれほどの金を持っていると、人は情け深くなり、多少はゆったりとした気持ちになって誰にでもほほえみかけ、持っている金を楽しく使っていくだけだろう、と皆さんは思われるだろうが、ジェリフさんはそうではない。ジェリフさんは——たとえ父がこういう言葉は使ってもらいたくないと僕たちに言っているとしても——いやな奴《やつ》なんだ。

ジェリフさんとこのリンゴ園で、リンゴを二、三個食べているところ捕まえられたときが、そうだった。僕たちのリンゴ園は、金をかけても引き合わないと言って、父が薬を撒《ま》いてくれないので、リンゴは全部虫にやられている。だから僕たちは、時々、ジェリフさんとこのリンゴ試食に出掛けていかなければならない。ジェリフさんとこのリンゴには、ゴム引きの防水布がかぶせてあるので、虫はどうしても手出しができず、そのため、その虫が、一匹残らず、僕たちのリンゴ園へやって来たに違いない、と僕は推測している。実は、前回のリンゴ試食のとき、僕たちはジェリフさんに捕まえられてしまった。十歳のくせに、相変わらず地口の好きなデイヴィの言い回しによると、リンドロの現行犯として、捕まえられてしまったのである。馬を止めたとき、ジェリフさんは神様よりも大きく見えた。そして、こう言った。

「おい、坊や、はるばるここまでやって来るなんて、あまりいい思いつきとは思われないな。わしはドーベルマンを何頭か飼ってる。お前たちを見つけるなり咬《か》みつくだろうが、危ない目に遭っても、わしは責任を負わんぞ」

分かってもらえるだろうか？――僕たちの言いたいことが。つまり、ジェリフさんは、歯に衣を着せるようなことはしないで、俺《おれ》のリンゴ園からさっさと出ていけ、でないと犬をけしかけるぞ、と率直に言えばいいのに、そうは言わず、ドーベルマンに食いつかせるようなことはしないで、僕たちをあのけちなリンゴ園から追い出しているのだからありがたく思え、といわんばかりの口振りだったのだ。けちなという言葉は、父に使うことを禁じられている、もう一つの言葉だ。事実、父の耳にその言葉が入る度ごとに、僕たちはニッケル貨一枚の罰金を科せられている。しかし、悪い言葉は幾つかあっても、同じ意味のいい言葉は一つもない。ジェリフさん独特のいやな口振りで、僕たちはリンゴ園からの立ち退きを命じられてしまった。

それはともかく、深さがおよそ四フィート〔約一・二二メートル〕、大きさが丁度クラブのメンバー三人分しかない、素敵な隠れ場のクラブハウスをよじ登って出ようとしていた丁度そのとき、まるでテディ・ルーズベルト〔一八五八―一九一九年。米国の第二十六代大統領〕か誰かといわんばかりの格好をして、ジェリフさんが大きな白馬のキャプテンにまたがって現れた。

「よう、坊や」

ジェリフさんは、あの馬を乗り回すようになってから、かなりカウボーイじみてきている。ジェリフさんは立ち去ろうとしたが、何か思い出したらしく、馬の体を傾けながら、ぐるっと向きを変えた。

「あのな、スティーヴ、お前たちんとこのあの羊のことなんだが、あいつには角があるかね？」

デイヴィと僕は顔を見合わせ、それから、首を横に振った。

「そんなもの、気づいたことはありませんけど——どうしてですか？」

「そうか。たぶん、わしの気のせいだったかもしれんが、この間、お前たちんとこの牧場の垣根に沿って馬で通っていたら、見事な角を生やした羊が、何頭かの雌と一緒に、早足で走っていくところを見かけたような気がしたんだ。もちろん、わしは一〇〇ヤードぐらい〔約九一・四メートル〕離れたところにいた。だから……」

「きっとそういうふうに見えただけでしょう。目の錯覚かなんかで」

僕はデイヴィをじっと見つめた。僕たちは、二人とも、どぎまぎしてしまった。というのは、ジェリフさんが酒好きだ——母はそう言っている——ということを知らない人は一人もいなかったし、また、僕が聞いたところでは、酒を飲みすぎると、何かとても奇妙な光景が見えるということだからだ。

「わしがあいつを見、あいつがわしを見るなり、さっと逃げていきやがったが、そいつは確かに一瞬の出来事だった。それでも、わしは間違いないと思っていたんだ……」ジェリフさんは話を止め、突然、なるほどと思われるような理由は何もないのに、げらげら笑い出した。「おそらく、ショフィールドさんとこの雄羊が一頭、お前たちんとこの群れと仲良くなったんだろう。だけどな、わしはほんとにおかしいと思ってたんだ——まさか、白い鹿じゃあるまいな？　枝角が十本ある白い雄鹿の頭なら、わしの書斎のマントルピース〔「恐怖時代の公安委員」二一六頁の割注参照〕の上に掛けると、ちょいといい眺めだろうよ」

　ジェリフさんは馬の大きなお腹《なか》に拍車をかけて行ってしまった。デイヴィは親指を鼻にあて、残りの指をジェリフさんめがけて小刻みにひらひら揺さぶった。〈白い鹿がいる！　そして、あの人のマントルピースの上に掛けられる！　まず第一に、僕たちはほんの子供のころから、毎年秋になると、その度ごとに、確かに白い鹿を見たと言っている人のことを聞かされてきた。しかし今、僕はもう少しで十二歳になろうとしている。それなのに、白い鹿を見たことは一度もなかったし、また、自分の目で本当に白い鹿を見たという人に会ったこともなかった。次に、もし千に一つのそのチャンスがやって来て、白い鹿が正真正銘紛れもなく僕たちの土地をぶらついているというのであれば、その鹿の頭がジェリフさんとこのマントルピースの上に掛けられる訳など、あるはずがない。白い鹿は、僕たちの羊と一緒に、僕たちの牧場にいるんだろう？　もし白い鹿というものがおり、しかも、その白い鹿が誰かのものであるとすれば、それは僕たちのものじゃないか。ジェリフさんに老いぼれた欲の手を出されてたまるもんか〉僕たちのものであるその白い鹿が実際にはいないとしても、僕たちは、ジェリフさんがその鹿のことを考えているということすら、嫌でならなかった。

僕たちは、タール紙でこしらえた屋根に松の枝をもっと沢山かぶせ、僕たちがそこにクラブハウスを持っているということが誰にも分からないよう、穴をすっかりふさいでしまった。それから、牧場を低い方へとぶらつき、デイヴィがまだ幼稚園に通っていたころ、僕たちが最初のクラブハウスにしていた古いりんごの枯木があるところへ行ってみた。その木には、僕たちの名前の頭文字と、クラブハウスの秘密のマークが彫り込んであった。そして時々、相変わらず梯子《はしご》を使いながら樹上の遊び小屋に登っては、敵が近づいてこないかどうか、偵察していた。しかしこのときは、木に着いた途端に、おかしなことに気づいたのだった。彫り物がしてあったところは幹がほとんどむき出しになっており、こちら側には——僕たちは顔を見合わせ、首をかしげた——あたり一面、まるである種の動物が、角を研ぐために、先端をぶっつけて削り落としてしまったみたいに、深く抉《えぐ》り取られた長い傷跡がついていた。僕たちは、雄牛がそんなことをするのを、何度も見たことがあった。そして雄羊が——しかし、僕たちは雄牛は飼っていなかったし、雄羊のヘクターには、角があるべきところに、固い小さなこぶみたいなものが二つあるだけだった。それにもかかわらず、長々と抉り取られた部分は、実に真新しいものだった。

もちろん、ジェリフさんが言ったことに注意を払うような、馬鹿げたことはしなかった。しかし、念には念を入れるため、羊の点検を続けた。僕たちは、毎日夕方になると、羊が入ってくるのをじっと見守っていたし、また、夕食後には何度も外出し、僕たちとジェリフさんの土地を仕切っている西側の境界線に沿って続いている松林まで歩いていくこともあった。しかし、白い鹿は全く見当たらなかった。実際、僕たちは諦《あきら》めて、ジェリフさんは、いつもの通り、途方もない大法螺《おおぼら》を吹いていたんだ、と決めかかろうとしていた。丁度そのころ、たまたま母に頼まれて、村の店で食料品の買い物をすることになった。店はお父さんがやっているのだが、息子のビリーは体が大きく、たぶん十五、六歳になってるだろう。僕たちと大の仲良しだ。ジャコウネズミの罠《わな》を仕掛けるときは、僕たちを一緒に連れていってくれる。猟犬とも遊ばせてくれる。銃を持って猟に出かけるときは、時々、一緒に連れていってくれることすらある。ビリーはイーグルスカウト〔ボーイスカウトの最上級〕だったし、学校の野球チームでは、投手をしている。その上、ビリーは決して嘘《うそ》をつかない。ちょっと話がそれたけど、とにかくそのビリーが、オレンジを選んでくれながら、

「ねえ、君たちんとこに新しい羊はいないよな？」

と言うのだった。

デイヴィと僕は顔を見合わせた。〈こいつは何か訳がある。ちょっと面白くなってきたぞ〉

「ううん。だけど、ビリー、どうして？」

「実はねえ、昨日《きのう》の夜、罠を仕掛けていたとき、君たちんとこの牧場で、ものすごく大きな角を生やしてる羊を見たような気がしたんだ」

「ビリー、ひょっとして、鹿じゃ——白い雄の鹿じゃなかった？」

「そうだなあ、全くありえないことじゃないな。白い鹿は時々現れているからなあ。僕の父は、たぶん十年か十二年前のことだけど、僕が小さかったころ、このあたりで一頭見かけてるんだ」

あの白い鹿――どう説明したらいいのだろうか？――あの白い鹿は僕たちのものだった。あの鹿が本物であろうとなかろうと、また、時々父が言っている通り、僕たちが心に思い描いている一片の空想にすぎないものであろうとなかろうと、いずれにしても、あの鹿は僕たちのものだった。僕たちはあの鹿に会い、あの鹿を僕たちのペットにしてみたかった。あの鹿を傷つけるようなことは、誰にもしてもらいたくなかった。ジェリフさんに卑しい手出しをされてたまるものか、と思った。

「ねえ、ビリー、その白い鹿のことなんだけど、猟のシーズンが始まったとき、誰かが銃で撃ち殺すようなことはしないだろうな？」

「そうだなあ、少なくとも僕はやらないな。知ってるだろう、白い鹿を殺すことを世間の人たちがどう言ってるか？　鏡を割る〔《迷信》諸説あり。例えば、鏡を割ると、七年間災難が続くとか、親友を失う、という〕ことの倍、縁起の悪いことなんだ」

「ジェリフさん、よく覚えとけよ」

「そいつだった。この前のシーズンのとき、地面にいる雌の雉《きじ》を撃ってるのを見かけたよ。都会育ちだもんだから、ちっとも分かってないようだ。どんなことでもやりかねない人だ」

と、ビリーが言った。

「あの野郎、いずれにしても、僕たちの白い鹿には近づかないことだ。近づきでもしようものなら、空気銃を尻にぶち込んでやる」

と、デイヴィが言った。デイヴィはこう言う言葉を使うのが好きだった。

「白い鹿を見つけたら、知らせておくれ」

こう言いながら、ビリーは買い物袋を僕たちに渡してくれた。

その夜、夕食が済んでから、僕たちは外出し、一生懸命辺りを見張った。家に帰ってきた時間がとても遅かったので、「寝る時間を二時間も過ぎるころまで、牧場で一体何をしていたの？」と、母に訊《き》かれてしまった。僕たちはこっそり目覚まし時計を三時に仕掛けた。そして、その時計がリンリン音を立てずに、ブンブン耳元だけで唸《うな》ってくれるよう、枕の下に突っ込んだ。ほとんど満月だった。ほんとに美しい月だった。風が吹いてきたとき、ちょっと寒いだけだった。だがついに、白い鹿のように見えるものすら目にすることができないまま、家に帰らなければならなかった。次の夜も、その次の夜も、そのまた次の夜も、僕たちは同じことを繰り返した。とてもくたびれてきたので、僕たちはところ構わずあくびを出し、デイヴィは、算数をやっている最中に、眠り込んでしまった。しかし、依然として、白い鹿は見当たらなかった。

その週の金曜日の放課後、僕たちはクラブハウスに行って一晩野宿することを許してもらった。満月がものすごく近いところに懸かり、もし白い鹿がやって来たら決して見逃すことがないよう、僕たちのために牧場を照らしてくれているようだった。僕たちは作り話をこしらえ、眠り込まないように、代わる代わる話し合ったのだが、一時ごろにはデイヴィがとても眠たくなり、話をしながら何度かうとうと眠り込んでしまった。お休みを言い、腹這《ば》いながらクラブハウスに入り込もうとした丁度そのとき、突然、何か木の枝みたいなものが林の中から出てくるのが見えた。

「デイヴィ、見て！　あそこを見て！」

見えたのは、林の中から突き出ている枝角と前頭部だけだったけど、もう疑う余地はなかった——頭が白かった。間違いなく、それは僕たちの白い鹿だった。

「あっ、ほんとだ！　あそこにいる——きれいだなあ！」

こう叫んで、デイヴィが思わず手をちょっと叩《たた》いてしまった。白い雄鹿の頭が急に松の木の中に引っ込み、林を駆け抜けていく音が聞こえてきた。

次の日の夜、僕たちは鹿を迎える準備をすっかり整えた。穀物倉庫からトウモロコシを何本か持ち出し、松林から牧場の真ん中まで、一列に並べた。それから垣根の後ろに隠れ、どこかがかゆいときでも、努めて体を動かさないようにした。月の投げかける光は、牧場を横切って光の小道を作り、星は冷たく澄んでいるように見えた。聞こえてくる物音といえば、川の方から吹き寄せてくるそよ風だけだった。僕たちは、前の日の夜、鹿が頭を突き出しているのを見かけたところに、じっと目を注いだ。おそらく二時間は経《た》った、と思う。わずか二十分だったかもしれない。どちらなのか、よく分からなかった。何しろ、あんなところで月の光を浴びながら、デイヴィと僕は互いに一言も言葉を交わさず、ほとんど息すらついていなかったのだから。するとそのとき、前日の夜僕たちが見かけたところと同じ場所に、鹿がまたもや姿を現したのだった。

今度は、僕たちは一言も物を言わなかったし、また、身じろぎ一つしなかった。猟犬のように静止し、ほんとに息を殺していた。鹿は角を突き出し、あたりを見回した。そのとき、鹿の首と体の後ろ四半部が見えた。白だった。十二月の初雪のように白かった。鹿は、一番近くにあるトウモロコシを、少しずつ噛《か》み取って食べた。僕たちは、できるだけ長く息を殺し、美しい鹿の姿に見とれていた。鹿はもう一度、ゆっくり念を入れて辺りを見回し、それから、次のトウモロコシへと進んでいった。そのとき初めて、鹿の全身を見ることができた。大きな体が、競馬馬のように、すらりとしていた。鹿があのすばらしい枝角をどんなに誇らしく思っているか、分かるくらいだった。枝角は十六本ある、とデイヴィは言い張ったが、いずれにしても、最低十二本はあった。暗緑色の松林を背景に、その角が月の光を浴びながらくっきり浮かび上がっている光景は、望んでもまたとは見られないほど優美なものだった。鹿は、少なくとも五分間は、僕たちのすぐ目の前にたたずんでいた。三十分だったかもしれない。それから頭を高く持ち上げ、角を王様のように誇らしげにかざしながら動いていった。僕たちはじっと立っていた。体がずきずきするほど、じっと立っていた。しかし、デイヴィがとうとうこらえきれなくなり、足を動かしてしまった。

白雪——僕たちは鹿をこう呼ぶことに決めた——は、頭を急に上げて鼻をくんくん言わせ、それから、まっすぐ僕たちを見つめた。僕たちの目をまともに覗《のぞ》き込んでいるように思われた。クリスマスのころ、街の大きな店のショーウインドーの中で見たことがある、照明されたトナカイのように、白雪の目は月の光を浴びてきらきら輝いていた。おそらく一分間ぐらい、白雪は僕たちを見つめた。僕たちも白雪を見つめた。それから白雪は、牧場を滑るように駆けていった。一筋の白い縞《しま》のように見えたその速さは、軍艦鳥でも追い抜くことはできなかったことだろう。

その後は毎晩、白雪のためにトウモロコシを置いてやった。そしてほとんど毎晩、白雪は松林からやって来た。その度ごとに、白雪は少し度胸を増し、前よりも自信をつけていた。僕たちがそこにいることを白雪は知っていた、と思う。白雪は、僕たちのために、いわば自分を見せびらかしていたのだ、と思う。トウモロコシを食べ終わると、白雪は僕たちと初めて顔を合わせた方を向き、まるで僕たちに向かってお辞儀でもしているみたいに、二、三回頭を下げたものだ。僕たちは、白雪にどんどん近づいていこう、と思った。そして、食べ物がどこから来ているのか、また、誰が友情を示しているのか、いつか白雪に分かる日が来たら、おそらく、僕たちの手でじきじきに食べさせてやることができるようになるかもしれない、と思った。ほんとに、そう思った。もしあの忌ま忌ましい銃猟のシーズンがやって来なかったならば、おそらく、そうすることができたことだろう。

白雪のことは誰にも話していなかった。ニュースがジェリフさんの耳に入ったら、ジェリフさんは銃を持って白雪を追い回し、書斎のマントルピース用に白雪を撃ち殺そうとするだろうから、そういうことにならないよう、母にも、父にも、またビリーにも話していなかった。十二本か十四本ある白雪の枝角ほど誇るに足る、すばらしいものが、ついにはジェリフさんのような法螺吹きの壁に掛けられてしまうなんて、正しいこととは思われなかった。だから、丘の方から銃声が聞こえてくる度ごとに、僕たちはとてもはらはらした。ジェリフさんが、友だちと一緒に何人か、松林の近くで銃を撃っているということを知っていたからだ。僕たちは、境界線のこちら側ではジェリフさんに銃を撃たせないように、と父に頼んだ。しかし、何といっても僕らは皆親しい間柄で、入猟禁止の掲示が出してある場合でも、近所の人たちにはお互いの土地で銃を撃たせてやるのがここの習慣だから、それはちょっと難しい、というのが父の返事だった。だから、僕たちはただ望みをかけて祈ることしかできなかったし、またその日の夜、牧場にこっそり忍び込んだときには、白雪がいつもの通り姿を見せてくれたので、大声で歓声を張り上げたくなるほどうれしくてたまらなかった。その夜は、月がまた小さくなり始めていたので、この前よりも少し暗かったが、それでも、白雪の姿はやっぱり美しかった。僕たちは、王様のように誇らしげな姿で、白雪が林の中へ小走りに駆け込んでいくのを、じっと見つめていた。もしそのとき、ジェリフさんが銃を持って現れ、白雪を撃ち殺そうものなら、僕たちはその銃をひったくり、平然とジェリフさんを殺してしまったことだろう。

　その翌日、午後も遅いころになって、境界線のこちら側のはずれにある林の中から、銃声が聞こえてきた。僕たちは、人差し指の上に中指を重ねて組み合わせ〔『迷信』片手だけの指を使う。交差した指は十字架を表し、厄除けや幸運祈願のジェスチャー〕、胸を絞り上げられるような思いで家を飛び出し、一目散に走っていった。すると、僕たちの土地とジェリフさんの土地の境界線のところで、ジェリフさんが林の中を覗き込んでいた。

「お前たちは、ここに白い鹿はいない、と言ったな。ところが今、わしはそいつを撃ったばかりなんだ。命中したと思ってるんだが、林の中に逃げ込みやがった。よかったら一緒に来て、探すのを手伝ってくれないか。どこかそこいらで死んでるだろう。親父さんにおいしい鹿の肉を持って帰ってあげたくはないかね？」

ジェリフさんは、自分で自分はとても偉いんだと思いながら、銃を持ったままそこに立っていた。

「ジェリフさん、白い鹿を撃ち殺すのは縁起の悪いことだということを、知らないんですか？　ビリー・イェーガーが言ってますけど、鏡を割ることより、ずっといけないことなんです」

ジェリフさんは笑った。

「ばかばかしい迷信だよ。まさか、お前たちみたいな利口な少年が、梯子の下を通りたがらなかったり〔《迷信》諸説あり。例えば、梯子を登って昇天していく霊魂を邪魔することになるから、梯子の下を通るのは危険であるとか、絞首刑になる罪人が、昔、梯子の下を歩かされていたから、梯子の下を通ると、将来、絞首刑になる、という〕、黒猫をこわがったりする〔《迷信》サタンは黒猫に姿を変えるとされていることから、黒猫は不吉の象徴。例えば、黒猫が道の行く手を横切ると、縁起が悪い。漁の前だと不漁になり、結婚の前だと不幸になる、という〕ようなことはあるまいな」

事実、僕たちは迷信なんかちっとも信じていなかった。だから僕たちは、ビリーが黒猫を見たらいつもぐるっと向きを変えていたので、よくからかっていた。しかし突然、僕たちは白雪のことでひどく迷信的になってしまった。白雪を殺すのはてっきり縁起の悪いことなんだ、と思った。思い切って牧場へ足を踏み入れ、枝角を月の方に向けた、あの最初の夜の白雪ほど立派で、誇らかで、美しいものを殺そうと考えただけで、どんな人でも因果な目に遭わねばならないのだ、と思った。

白雪の死体を探しながらジェリフさんと一緒に松林を歩いていくとき、僕たちはずっと、胸を絞り上げられるような思いで一杯だった。ジェリフさんの犬は、ひっきりなしに臭いをかいでは立ち止まり、それからまた、先へと進んでいった。犬が、今にも、息絶えている白雪のところへ僕たちを連れていくのではなかろうか、と心配でならなかった。しかし、白雪は見つからなかった。白雪は林のどこかに姿を消してしまっていた。ジェリフさんは腹を立て、汚い言葉で、

「こん畜生！　あの鹿の奴《やつ》、いつかしとめてやる」

と言った。僕たちの白雪が、美しい、白い鹿の白雪が、こんな汚い言葉でののしられると、ひどく不快な思いがした。

一晩中、白雪のことが心配でならなかった。こっそり牧場に出てみたが、白雪はそこにはいなかった。少し雪がちらつき、とても寒かったけれども、できるだけ長く、白雪を待った。だが、とうとう、デイヴィが歯をとてもがたがたいわせ始めたので、仕方なく家に帰らなければならなかった。

その夜、僕は白雪の夢を見た。艶《つや》のある白雪の白い胸に、銃弾によるひどい傷があった。すると、白雪の姿が見えなくなってしまった。それから、デイヴィと僕は、白い野原を横切って林のかなたへと続いている一筋の血痕《けっこん》をたどっていった。僕は半ばわめきながら目を覚ました。

「兄さん、どうしたの？」

というデイヴィの声が聞こえてきた。デイヴィは寝床には入っていなかった。窓の桟に腰掛け、外の雪をじっと見つめていた。デイヴィに夢の話をすると、デイヴィも夢を見て目が覚めた、ということだった。僕たち二人がジェリフさん狩りに出かけ、ジェリフさんの眉間《みけん》の真ん中を撃ち抜いた。すると、ジェリフさんの頭が僕たちのマントルピースの上に掛けられ、額に弾の穴が二つあるので、まるで四つ目の人みたいに見えた、というのがデイヴィの夢だった。

僕たちは、来る夜も来る夜も引き続き、白雪のためにトウモロコシを置いてやった。学校の勉強をしなければならない夜は、もう一度白雪に会えるようにと念願しながら、できるだけ遅くまで起きていた。しかし、どうやら、白雪は地面を這いながら林の中に逃げ込み、きっとどこかで死んでしまったに違いない、と思われてきた。白雪と会うことができず、寂しくてならなかった。白雪は犬のトローとも、また、猫のクエーカーとも違っていた。餌《えさ》をやったこともなければ、撫《な》でてやったこともなかったし、また、手で触れてみたことすらなかった。だが白雪は、まるで僕たちが乗り回し、ちんちんをして握手することを教えてやったみたいに、僕たちのペットになりきっていた。僕たちにとり、白雪以外に白い鹿は考えられなかった。だから、白雪が死んでいなくなったとか、あるいは、地面を這いながら逃げおおせても、ついにはひとり寂しく死んでいったのではなかろうか、と思うと、体の中をナイフで抉られるような思いがした。毎晩、望みはますます薄れていきながらも、僕たちは銃猟シーズンの最後の日がやって来るまで、休むことなく、白雪探しの見張りを続けた。ある週の土曜日のことだった。デイヴィと僕は、林を通り抜けて小川を渡り、臨時探索本部として使っていた、誰も住んでいない、壊れた古い石造りの家まで、長い道程《みちのり》を歩いていくことにした。小川のところで足を止め、氷を蹴破《けやぶ》って水を飲もうとした丁度そのとき、いきなりデイヴィが僕の肩をつかんで指をさした。誰が見違えよう。紛れもなく白雪が、以前より倍元気な姿をして、上流約二五ヤード〔約二三メートル〕のところで水を飲んでいるではないか。とてもうれしかったので、両腕を伸ばして白雪を抱きしめ、口づけをしてやりたいぐらいだった。だがそのときには、白雪は、まるで足に翼が付いているみたいに、岩を飛び越え、小川から姿を消してしまっていた。

銃猟の最後の日がやって来ようとしているのに、白雪はなお健在で、王様のように林に君臨していた。白雪に命中させたと言い張っていたとき、ジェリフさんは法螺を吹いてるだけだったんだということが、どうして分からなかったのだろう。ジェリフさんは狩猟記念品の話をするのは好きだったが、射撃は大してうまくなかった。ビリーの言い回しによると、ジェリフさんは、ボートから落っこちても、水面に体をぶっつけることができないくらい、狙いを定めるのが下手くそだった。

白雪に会ってから丁度一《ひと》月目に当たる日の夕方、白雪がもう一度会いに来てはくれないだろうかと思って、僕たちは再度牧場へ出かけた。頭上の冷たい空に、月が白い大きな気球のように懸かっていた。林の中から誘い出すようなことはしない方が白雪のために安全だと思って、トウモロコシを置くのは止めていたのだが、もう大丈夫だと思われたので、牧場の真ん中まで一列にトウモロコシを並べるという、あの手管を使ってみた。「もし白雪に出てくる癖をつけさせることができたら、今度は時間をかけて、仕込んでやろう」。「しばらくしたら、餌を手に持って直接食べさせてやることができるようになる」。「白雪は僕たちになつき、僕たちの後をついて回るだろう」。「おそらく、納屋に寝かしつけることができるほど、白雪を飼いならすことができる」。「枝角が十四本ある、白い雄鹿をペットにするなんて、学校の友達に見せてやりたいぐらいだ！」。「十中八九、僕たちはこの郡〔米国地方行政上、州の下に置かれている最大の区画〕で最も有名、最も幸せな少年になるだろう。なぜなら、もし白い鹿を撃つのが縁起の悪いことなら、その白い鹿が撃たれないように手を貸してペットにしてしまうのは、縁起のいいことに違いないから」。

こういったことをデイヴィと僕が小声で話し合っていると、驚いたことに、白雪が、最初のときと全く同じ仕草で、林の中から頭をひょっこり突き出したのだった。頭を突き出し、ゆっくりと注意深く、辺りを十分に見回し、それから牧場の中へ足を踏み入れ、まるで雄羊のヘクターみたいにおとなしく、何の気兼ねもなく、トウモロコシを少しずつ噛み取りながら食べていった。

白雪を見守りながら、僕たちは、白雪の姿がとても気高く、とてもすばらしい、と思っていた。するとそのとき、小さいけれども鋭く、

「しーっ——静かに——頭を低く」

という声が、後ろから聞こえてきた。ジェリフさんが忌ま忌ましい銃を持って、インデアンみたいに忍び寄ってきていた。月は白雪に申し分のないスポットライトを当てていた。ジェリフさんが銃を持ち上げ、狙いを定めるのが見えた。

「デイヴィ、デイヴィ、白雪を森の中に追い込むんだ！」

と、僕は大声で叫んだ。

デイヴィと僕は前方に向かって走り出した。白雪は、まるで尻尾に火がついたみたいに、野原を横切って逃げていった。僕たちの土地とジェリフさんの土地とを仕切っている垣根に沿って疾走しながら、暗い松林へとどんどん近づいていったときの白雪がどんなに美しく見えたか、僕たちは決して忘れることはないだろう。あれほどの速さで動いている的を射当てるなんて、ジェリフさんにはとてもできないことなのに、どういう訳か、僕たちはひたすら走り続け、怒鳴り続け、両手を振り続けた。気がついてみると、白雪は林のすぐ手前まで行っていた。僕たちの土地の奥、ジェリフさんには決して撃たれることのない隠れ場がある林まで、ほんの二、三ヤード〔約一・八三―二・七四メートル〕というところまで行っていた。白雪は時速五、六〇マイル〔約八一―九七キロ〕で走っていたに違いない。すると一瞬、僕たちはどっきっとした。白雪が全然進まなくなった。小枝とタール紙でこしらえたクラブハウスの屋根を突き破り、すさまじい音とともに、秘密の集会所として掘り抜いていた四フィートの穴へ落ち込んでいった。僕たちは穴へ駆け寄り、不吉な思いで全身を震わせながら、中を覗いてみた。白雪は、クラブハウスの土のフロアーの上で、のたうち回っていた。あがきながら、三本の足で立ち上がったかと思うと、また、ぐらぐらしながら倒れていくのが見えた。

「しまった！　足が折れてる」

と、僕は言った。

白雪が体を転がして横向きになり、もう一度起き上がろうとしたとき、白雪の左の後足がだらっと垂れ下がっているのが見えた。白雪は上を向いて、僕たちを見つめた。これほど間近に白雪を見たことは、一度もなかった。手で触れてみることができるくらい、近いところにいた。白雪の目は両方とも荒れ狂い、何かを訴えているようでもあれば、激怒しているようでもあり、また、死の悲しみを湛《たた》えているようでもあった。

ジェリフさんが僕たちの後ろにやって来て、中を覗き込んだ。

「そうか、お前たち、どうやら罠を仕掛けたようだな」

「さあ、撃ってください。足が折れてるんです。さっさと撃ってください」

と、僕はジェリフさんに言った。

恐ろしい音がした。デイヴィも僕も見たくなかったのだが、とうとう見ないではいられなくなった。どうしても、見なければならなかった。白雪は真っ白な体を静かに横たえ、クラブハウスの底で痛ましい最期を遂げていた。

「よしきた。これで一か月は鹿の肉が食えそうだな」

と、ジェリフさんが言った。

僕たちは何も言わなかった。ただそこにたたずんだまま、ジェリフさんがどんな人か、また、白雪が僕たちの牧場で初めて枝角を月に向かって持ち上げたとき、どんなにすばらしく見えたか、思いを巡らしていた。

「親父《おやじ》さんに言ってくれないか。下男に言いつけてこいつをつるし、ばらして親父さんと山分けにするから、とな。だが、もしお前たちがいいと言ってくれるんだったら、まだわしは、あの頭を頂戴して書斎の壁に飾りたい、と思ってるんだ」

ああいう言葉なら僕よりも早く口にするデイヴィが、一言だけ物を言った。それは、父の耳に入ったら、その度ごとに一五セント支払わなければならない言葉だった。

「あの死体に手をつけてはならんぞ。わしんとこの下男をやって運ばせるからな」

と、ジェリフさんが言った。

デイヴィと僕は何も言わなかった。やらなければならないことを、二人とも同時に思いついたのだった。僕たちは松林の縁《へり》へ行き、持てるだけ枝を折った。その枝を白雪の上にかぶせては引き返し、もう一抱え取りに行った。ジェリフさんの下男が今にもやって来るかもしれなかったので、仕事を急がなければならなかった。それから、デイヴィが落ちた枝や枯れ木をどんどん松の上に積み上げている間に、僕は大急ぎで家までマッチを取りに帰った。僕が引き返してきたころには、デイヴィは立派に仕事をやり終えていた。火葬用の薪の山がちゃんと出来上がっていた。僕は何本かの松の枝にマッチを持っていった。まるで紙のように火がついた。僕たちは後ろへさがり、舞い上がる炎を見つめながら、こう思った。

〈白雪が灰と塵と骨に帰ったら、クラブハウスに土を詰め、しっかり踏みつけてやろう。そうすれば、亡くなった白雪が犬や、ノスリや、ジェリフさんの手にかかるようなことはないだろう。白雪の名を書いた十字架を立ててやろう。白雪は僕たちの鹿なんだ。枝角を王冠のようにかざしながら、白雪が僕たちの牧場へ小走りにやって来ることは、もう二度とないだろう。だが、誓って言うけど、白雪のすばらしい白い頭が、ジェリフさんとこの壁に掛けられるということも、また、絶対にないんだ〉

ミルクマーケットの出会い

ジョン・ウィッカム

MEETING IN MILKMARKET

John Wickham

ジョン・ウィッカム
(1923-2000)

英連邦加盟の共和国バルバドスに生まれる。カリブ海域における最も重要な作家の一人。諸国を漫遊し、文学、ジャーナリズムの分野で確固たる地歩を築く。文学界への登竜門となっている文芸誌『ビム』〔ビム（BIM）は、バルバドスの国あるいは国民を指す愛称〕及び母国の新聞『ネイションズ』の文芸部門で、それぞれ編集主幹。人種や階級問題を巧みに描く作家として高く評価され、数々の賞を受賞。作品はドイツ語やスペイン語等に翻訳されている。一九八八―八九年、カナダ・カリブ海域英連邦作家賞の選考委員長。一九九九年『オックスフォード選集―カリブ短編小説』を編集・出版。二〇〇一年、ウィッカムを記念する文学賞が創設される。BBCワールドサービス賞の受賞作品「ミルクマーケットの出会い」は、当初、『ビム』（一九六七年）に掲載されたが、後に推敲され、ウィッカム自身が編集した自作の短編小説集『モクマオウの並木』（一九七四年）に収録されている。

三十五年前、ジョージ・サムピーターと僕は、小学校の同じクラスで隣り合わせの席に座っていた。僕らは友だちだった。ジョージは僕に打ち解けてくれたし、僕はそういうジョージが好きで、何のわだかまりもなく付き合うことができたから、友だちだった、と言える。そのうち分かってもらえると思うのだが、僕は《友だち》という言葉を、子供のころこの言葉を使ったとすれば込めていただろうと思われる意味を込めて、天真爛漫《てんしんらんまん》に、一抹の疑念も差し挟むことなく使っている。しかし今は、この言葉を使う前に、いわば、背後を振り返ってみなければならない。実在しているものが《友だち》という言葉にふさわしいものであるかどうか、ひょっとしたら、自分は過大な要求をしているのではなかろうか、と自問してみなければならない。ジョージとシュガーケーキ〔固く焼いたフルーツケーキに糖衣を着せたお菓子〕やフィッシュケーキ〔ミンチの魚肉とマッシュポテトを混ぜ合わせたものにパン粉をかぶせ、丸く平らな形にして揚げたケーキ〕を分け合いながら、一緒に歩いて学校から帰っていたとき、僕は今ほど用心深くはなかったので、僕らが分かち合っているものが友情という名にふさわしいものであるかどうか、疑問を抱いたことはなかった。

あれから三十年以上も経《た》った今日、僕はミルクマーケット〔元々、農民が自家製のミルクとミルク製品を売る市場。しかし、この物語の設定時には、野菜、手芸品、輸入品等の販売が行われているだけではなく、飲食物を売る屋台店も張られていた〕でジョージに出会った。今、僕の心を打っているものは、長い年月を経てジョージに出会ったことに対する、僕自身の反応である。一緒に学校へ通い、ありふれた言い方をすれば、独力で成功した人たちを僕はちょいちょい見かける。こういう人たちは、今では、医者や弁護士になっている。政治家や高級官僚になっている者も、何人かいる。一人は勅選弁護士〔大法官の推薦に基づき、十年以上の実務経験を積んだ法廷弁護士（バリスター。上位・下位両裁判所における弁論権を持つ）の中で、特に優秀な者に国王が授ける称号〕に選ばれて高等法院の首席裁判官〔上位裁判所の裁判官は、勅選弁護士の称号を持つ法廷弁護士の中から選任される〕となり、ナイト爵〔国家に対する功労や個人的な業績に対して与えられる、一代限りの栄誉爵位〕を与えられている。機会に恵まれているかどうか、昼なのか夜なのか、場所がどこなのか、周囲の状況がどうなのか、あるいはまた、酔いがどの程度であるかによって左右されるのであるが、時々、その人たちも僕を目に留めてくれる。そして、その時々の事情に応じて、挨拶《あいさつ》代わりにうなずいたり、ショーウィンドーの方へ目をそらしたりする。こういう連中に出くわすと、僕はいつも怒りに満ちた恥辱と自蔑の念で胸が焼け付くような思いがする。そしてその日は、昼か夜のどちらかに、必ず、たっぷり深酒というへまをやってしまう。最近は、酒を飲む機会が多すぎる。こういう連中は、自分が何をやっているのか、てんで分かっていない。だからこそ僕は、何の気遣いもなく、ジョージがかつて僕の友だちであり、今も僕の友だちである、と言える。なぜなら、ジョージに出会った後の僕は、一緒に学校にいたころのように、胸が詰まってしまうほどうれしくてたまらなくなっていたからである。ひとりでにうれしくなり、子供だったころジョージと共に生き、ジョージと共にいろんなことを体験したという思い出に、どういう訳か分からないけれども、疑う余地がないほど確実に報われていたからである。

ジョージが初めて学校へ来た朝のことを、僕はとてもはっきり覚えている。ジョージは遅刻した。ジョージの父親が、教壇に置いてある校長先生〔校長は学校管理だけではなく、特定の教科の授業も担当する〕の机のところへ、教室を通り抜けながらジョージを連れていったとき、お祈り〔毎日始業前に行われる英国国教会の「主の祈り」。司式は宗教担当の先生か校長が担当する〕はすでに終わっていた。父親の手にすがりついている様子から、ジョージが怖がっているということが分かったので、僕にとっては大した試練とは思われない状況の中で、支えとしてすがりつくための手を必要としているジョージが、少し可哀想に思われた。今考えてみると、僕の心の中には、すがりつく物として父親の手を持っているジョージの幸運が少しうらやましい、という思いもあった。校長先生は、ジョージの父親に、ねんごろに挨拶をした。二人が互いに友人だということは、明らかだった。そして、ジョージが校長先生の友人の息子だということで、特別な扱いを受ける児童の一人になるということも、明らかだった。そのため腹が立ったことを、僕は覚えている。それよりももっと腹が立ったのは、ジョージがいきなり二年生のクラスに入れられたことだった。法外な依怙贔屓《えこひいき》のように思われた。しかし、これは長くは続かなかった。次の日の朝になると、下層階級出身の僕たちがいる一年生のクラスに入ってきた。ジョージはとても上手に本を読むことができた。そのため、上のクラスに入れられたのだが、算数ができないということが、すぐに先生に分かってしまった。算数はその他のすべての技能《スキル》より重要視されていたので、クラスを落とされてしまったのだった。ジョージは僕の隣に座らせられた。人前で恥をかかされ、泣いていた。僕はジョージを慰めてやりたかったが、どうやって慰めたらいいのか、分からなかった。ジョージは新しいスレート〔児童が文字や絵をかくために加工された石板。通常、木で縁取られている〕と、どういう訳かよく書けない、新しい鉛筆を持っていた。僕は、ブリキ製の古い煙草入れに、鉛筆の端切れ（学校に通っている間、完全な鉛筆を手にしたことは一度もなかった）を一杯入れていたので、ジョージに一本やり、書けるようにするにはどうやって先を舌でなめたらいいのか、その方法を教えてやった。その瞬間から、ジョージと僕は友だちになった。ほんのちょっとしたことだったが、体を使って鉛筆の芯《しん》のなめ方を教えてやったことを、僕はずっと誇りに思っている。あの時から今までの間にやったことで、これよりも大きな喜びを僕に与えてくれたものは、ほかに一つもない。

　ジョージは田舎からやって来た。町の光景に驚嘆し、胸をわくわくさせていた。僕らが通っていた学校は、汚い裏通りのど真ん中にあるスラム街の学校〔義務教育を行う公立の学校。入・転入学を希望する児童は、誰でも、籍を置くことができる〕で、通りには果物の皮が散らばり、腐った果物や、腐っていく果物のむかむかする悪臭が充満していた。サトル通り〔バルバドスの首都ブリッジタウンに実在する通りの名称〕に並んでいる戸口では、ドミニカ〔一九七八年独立。英連邦加盟の共和国。この作品の発表当時は英国領〕やセントルシア〔一九七九年独立。英連邦加盟の共和国。この作品の発表当時は英国領〕からやって来た奥様たちが、方言をしゃべりながら、マンゴーの入った樽《たる》や、木炭が入っている袋の向こうから、樽や袋越しにじっと辺りを眺めていた。ありとあらゆる種類のスパイスが四方八方に芳香を放ち、口汚い言葉を吐き散らす、金歯だらけの街の女たちが、だらしのない気取った足取りで、湿った狭い通りを歩いていた。ジョージはこういうものすべてが気に入っていた。僕は、そこに住んでいたから、嫌だった。学校が終わると午後は毎日、スクーナーや、デッキで煙草を吸ったり、船縁《ふなべり》から魚を釣ったりしている裸の船員たちを眺めることができるよう、海岸通りを通って帰ろう、とジョージの説得に努めたものだった。海の匂いが、サトル通りで僕の周りを取り囲んでいる臭いよりも、もっと希望に満ちた、もっと清潔であることが確かな光景を提供してくれたからである。だがジョージは、ごみや汚物に魅惑されていた。ベッドと通りを仕切っている袋地のカーテン、すすけたオイルランプ、通りの片側から反対側へと蹴飛《けと》ばされている、半ば飢死状態の犬に魅了されていた。通りを飛び交う方言の怒鳴り声や悪態に一時間かけて耳を傾け、その結果、バスに乗り遅れてしまうことがよくあった。

当時のジョージには田舎っ子らしい純朴さがあり、狡猾《こうかつ》なところはなかった。僕は自分の抜け目のなさを自慢したり、また、裏通りのことや町の風習を知っていたので、そのことを自慢したりしていた。僕は自分をジョージに見せびらかし、僕が見せびらかしたものを、ジョージがすべて魅惑的だと思ってくれたので、僕は報われていた。

僕の母は、内職として、洗濯物を引き受けたり、家の戸口でシュガーケーキやフィッシュケーキを売ったりしながら、生計を立てていた。前にも言った通り、午後学校が終わってからジョージのバス停まで行く途中、僕は自分の家の前を通るのがいつも嫌でならなかった。恥ずかしくて、住んでいるところをジョージに見られたくなかったからだ、と言うのは簡単だ。しかし、これが本当の理由だと思われたのは、ほんの最初の間だけではなかったろうか。今は、これよりも大きな理由があった、と思っている。サトル通りはきたならしい、不潔なところだった。きれいであったためしがなかった。ほかに住むところがなかったから僕はそこに住んでいたのだが、胸が悪くなるほど嫌いなところだった。しかし、まさかそういうことはあるまいと思っていたことだが、ジョージがしきりに僕の家のそばを通りたがっていることについては、ほかにもう一つ、訳があった。ある日の夕方、一人で家に帰ってきたとき母に聞かされたことだが、母は、ジョージが妹のフローリアンに好意を抱いている、と思っていたのである。ほかにも思い当たることが沢山あったので、この話を聞かされた途端、事実がその通りだということを僕は認めざるを得なかった。そして、どうして早く気づかなかったのだろう、と思った。ジョージは絵がとても上手だったので、スケッチブックにフローリアンのスケッチを次から次へと何枚も描《か》き、そのスケッチをフローリアンに渡してくれ、と僕はしょっちゅう頼まれていた。僕の記憶にある限りでは、学校が始まる前か放課後、道で妹に出会うと、ジョージは二言三言《ふたことみこと》声をかけるだけだった。フローリアンは教会の隣にある女子だけの学校〔公立学校。当時、十五歳までは男女別学〕に通っており、しかも、その学校が僕らの帰り道にあったので、ぶらぶらして時間をつぶせば、妹は間違いなく僕らに出会うことができた。母以外の人たちもこれに気づき、瞬く間に、ジョージは少年たちによる、とてもひどいからかいの犠牲者となってしまった。そして、そのからかいが原因で、淡いものではあったが、ジョージと妹の恋はとうとう終わりを迎えることになってしまったのであった。

今、このことをすべて語るのは、とても難しい。まず第一に、これはずいぶん昔に起こったことだ。その上、僕の記憶の中では大きく重要な位置を占め、僕らが共有していた時と場所のエキスを含んでいるように思われるけれども、哀れを誘うほど取るに足りないことであり、ひょっとしたら、僕が心の中で思っているほど重大なことではないのでは、と思われるからである。しかしそれでも、僕は、自分は間違っていなかった、三十年前のあの取るに足りない出来事が現実に対する僕の目を開いてくれた、と確信している。世間の人たちは、性にかかわる生物学的なことは人生の事実であり、その事実に気づかされた子供は、もう子供と考えるべきではない、とそれとなく言っているが、こういう人たちに出くわすと、僕はいつも吹き出したくなる。人生の真実は、決してそんなに単純なものではない。男女の縁組と、その結果として起こる動物的な生命の生産——こういうものは、僕の経験の中では、人と人とを分け隔てるために構築された、もろもろの因襲とか人工物に比べると、遙《はる》かに分かりやすいし、説明の必要もない。しかし、ほったらかされたために閉ざされたドアにぶつかり、もたもたしながら相手の選択を誤り、ついには、どんなに年齢や経験を積み重ねても、首尾よく救出されることのない混迷状態の中をいつまでもさ迷うことになる子供に、こういう人生の事実を説明してくれる人は一人もいないし、また、説明しようと努力してくれる人もいない。

確かなことは言えないが、少年たちによるからかいは、悪意に満ちたものではなかった。しかし、結局のところ、そのからかいは事実の単なるおさらい以上のものであり、そこには、もしジョージと妹の間に何らかの愛着が認められるとすれば、その愛着はある種の均衡を覆し、漠然としたものではあったが、物事の望ましい在り方にはなじまない、という認識が含まれていたのかもしれない。同窓の仲間たちが、異常なほど露骨に、階級意識をむき出しにしたという訳ではないが、即座に気づいた釣合いの欠如に対して、自分たちが知っている唯一の方法で反応したのであった。彼らは、笑いながら、「ジョージーは、はだしの女子《おなご》にほーれてる」と何度も繰り返していたが、自分たちの中にも、靴を履いてない者が何人かいるという事実には、ちっともアイロニーを感じていなかった。機会がある度ごとに同じ言葉を繰り返し、ついには、何度も繰り返されるということが、それ自体で嘲《あざけ》りとなり、非難となり、さらには、残酷な罵《ののし》りのようなものになってきた。今でも聞こえてくる──ジョージと僕が教会と女学校のそばにある角を曲がっているとき、後からぞろぞろとついてきた三、四人の少年たちが、ほとんど勝ち誇ったように口にしていた、あの「ジョージーは、はだしの女子にほーれてる」という声の響きが。この言葉は、我々が住んでいる社会の一部始終を物語っているように思われる。言葉の解説をする必要はない。言葉そのものが、人間が考えることの愚かさ、我々の情緒の粗《あら》さ、我々が取る行動の、思いやりのない、恐ろしいまでの残酷さを刻み込んだ記念碑となっているからだ。

「ジョージーは、はだしの女子にほーれてる」──単調に何度も繰り返されたこの決まり文句は、僕の記憶の中で木霊しているし、僕の全身に洪水のように溢《あふ》れてきた、あのどうすることもできない怒りは、今でも忘れることができない。僕はどうすることもできなかったが、ジョージはどうすることもできないばかりではなく、怯《おび》えてもいた。ジョージはこれまでにこんなことは一度も体験したことがなかったし、また、ジョージが恐怖を覚えていることは明らかだったので、僕は、ジョージを助けてやるために、自分にできる限りの行動——大人の世界の習わしについて、自分がどんなに無知であったかということを暴露してしまう手段を選んだのであった。

ある日の朝、ジョージはいつもの通りやって来て、僕が学校に出かける準備をしている間、待っていてくれた。僕が朝食用のビスケットを飲み込むようにして食べている間、ジョージは外の通りで待っていたのだが、そのとき、四人の少年たちが食料雑貨店の角を曲がってきた。いつもの文句を唱え始めるんじゃなかろうかという気がしたので、ジョージは表の部屋に潜り込んで逃れようとした。しかし、ジョージは逃れることができなかった。奥の部屋から出てきてみると、ジョージは動物のように窮地に追い込まれ、一方、四人の少年たちはいつもの言葉を単調に繰り返していた。母は家にいなかったが、フローリアンはいた。顔を寝室の夜具に埋《うず》め、懸命に押し殺そうとしているフローリアンの啜《すす》り泣きが聞こえてきた。ジョージと僕は、学校へ行く間ずっと、何度も反復される例の残酷な決まり文句に後をつけられていた。

僕はすぐ、校長先生のところへ行った〔児童に関することは、すべて、校長が直接対応する〕。校長先生はジョージの父親の友人だから、少なくとも例の少年たちを、何らかの形で、それなりに叱りつけてくれるだろう、と僕は無邪気に考えていた。しかし、校長先生がしたことは、それよりももっと簡単なことだった。ジョージを呼び出し、サトル通りを歩く習慣を即刻止めるよう、言いつけたのであった。ほかにも道路が幾つかある——ジョージにふさわしい、ちゃんとした道路がある、と校長先生は言ったのである。校長先生はまた、この話を何らかの形に脚色してジョージの父親に伝えていた。なぜなら、次の日の朝からはいつも、誰かがジョージを学校まで送り、午後になると、また迎えにくるようになったからである。ジョージと一緒に町を歩いたり、海岸通りやショーウィンドーをぶらついたりすることは、これでおしまいになってしまった。始まりかけていたばかりではあったが、共に分かち合っていたもの、僕らの友情の前途に広がっているように思われた頼もしい夢が、終わってしまったのである。それからしばらくして、ジョージは転校し、僕ら二人の道が交わることはなくなってしまった。

これまでずっと何年もの間、僕らはそれぞれ異なる世界に住んできた、と言ってもいいようなもので、お互いに声をかけ合うことすらしていなかった。そのことが、今日、僕には不思議に思われる。転校してから何年か後、十六歳ぐらいのジョージが、学校代表となって、クリケット〔バルバドスの国技〕をしているのを見かけたことがある。ジョージが打つ番になったとき、僕はとてもはらはらしていたのだが、多くの観客の中に僕がいたことに、ジョージは気づいていなかった。それから、ジョージは外国に行ってしまった、という噂《うわさ》を耳にした。そして、消息が途絶えてしまった。

今日は、僕が気づく前に、ジョージが僕に気づいてくれた。ジョージの声はあまり変わっていなかった。いつもの低い声だった。通りの向こう側から、ジョージが大きな声で僕に声をかけていた。僕の名前を呼んでいる声が聞こえたとき振り向いてみると、ほほえんでいるジョージの姿が見えた。

僕は子供のようにうれしかった。どれほどうれしかったか、言葉に言い表すことはできない。ジョージは僕の手をとり、

「変わりはない？」

と声をかけてくれた。慎重で、控えめな声だった。僕は返事をすることができなかった。僕の服、てかてかの古いズボンが、僕の現況をおのずから物語っていた。ジョージは自信に溢れ、落ち着いていた。スポーツシャツを着込んで、軽い綿のスラックスとつま先の見えるサンダルをはき、まるで観光客のようだった。ジョージに会えてうれしかったし、また、ジョージに覚えてもらっていてうれしかった。すると、ジョージの顔が曇ってきた。

「スタンレー、久しぶりだな。君に会えてうれしいけど、急がなくちゃならないんだ」

と、ジョージが言った。

「そうだな」

僕はこう答えた。ジョージの心中を理解することができた。ジョージは話しながら僕の手を離した。ジョージが立ち去ってしまった後、僕はその場にたたずんだまま、ミルクマーケットの人ごみの中に溶け込んでいくジョージの姿を、じっと見つめていた。

しかし、ジョージが去っていくとき、ジョージに、僕の友だちであるジョージに、なぜ敬語を使って、

「失礼いたします」

と別れの挨拶をしてしまったのか、その理由をどうしても理解することができない。

最後の愛

アンジェラ・フース

LAST LOVE

Angela Huth

アンジェラ・フース
(1938-)

オックスフォードシャーに生まれる。小説家・詩人・劇作家。フリーランサー・ジャーナリストとしても著名。十六歳でフランスとイタリアに渡って絵画を学び、十八歳でアメリカを独りで横断。帰国後は、新聞・雑誌関係の仕事に従事。一九六〇年代には、ジャーナリスト、紀行文学作家として名を成す。BBCのドキュメンタリー・レポーターも勤める。『タイムズ紙文芸付録』、『スペクテイター』、『ザ・ステイジ』などに寄稿。小説家としては、イングランドの片隅で慎ましく生活を営んでいる、ごく普通の人たちを描いた作家で、特に、必死になって人生にすがりついている人たちの挫折と失望を、深い同情を込めながら、鮮明かつ挿話的に描く。王立文学協会特別会員。長・短編小説、ドラマ、ノン・フィクション、詩集など著作多数。「最後の愛」は、短編小説集『おとぎの国の月曜ランチとほかの物語』(一九七八年)に収録されている。

空の雲を見たくなかったので、ベス・ソーパーは顔を伏せたまま、バーモンジー通り〔テムズ川南岸に実在する通りの名称であるが、物語の中で現実と同じ場所に設定されているかどうかは不明〕を聖ミカエル教会〔ロンドン東部、イースト・ハムに同名のプロテスタント派教会があるが、この教会をモデルにしているかどうかは不明〕へと向かった。教会ではトマス・ハローが待っており、二人はそこで静かに夫婦の契りを結んだ。ベスは七十八歳、トマスは八十二歳だった。

騒ぎ立てるようなことはしたくなかった。ただ二人だけで、簡単な式を挙げたかった。しきりに外出したがっているサンセット・ホーム〔架空の老人ホーム。「サンセット」とは「日没」の意〕の友だちは、教会へ来ることを許してもらいたい、と言っていた。しかし、断られたときには、その訳を理解してくれた。後日、新婚旅行が終わったら、何らかのお祝いがあるかもしれない、と思われたからである。

夫婦となったトマスとベスは、手をつないで通りへ出た。車に乗せてあげよう、と副牧師が言ってくれたのだが、歩きたいから、と言って断った。しかし、あまり歩かないうちに、雨が降り出した。

「いやな天気だね」

と、トマスが言った。

「帽子が……」

こう言いながら、ベスは、雨で固まってきている薄青色の羽飾りを、空いている方の手で軽く叩《たた》いた。

家具が運び込まれるのを見ていなかったので、トマスはアパートの様子が見られることを喜んでいるようだった。サンセットのマッジとアイリーン、それに、福祉事務所から派遣された女性の手を借りて、何とか時間に間に合うよう、ベスがちゃんと整えていたのであった。浴室の緑のタイル、台所用の素敵な黄色のカーテン、居間に置いてあるビロードの三点セット、パッチワークのベッドカバー（クリストファーが亡くなったとき、まだおろしていなかったものが二、三あったのだが、その中の一つ）など、見落とすことがないよう、ベスは細々した物をすべて指さしながら、トマスに教えてやった。どれもこれもすばらしいと思う、とトマスは言った。自分たちの蓄えを上手に使ってしまった、とも言った。

一つ残らず見届けたトマスが、ベスの説明にうなずきながら同じ言葉を数回繰り返すと、ベスはガスストーブに火をつけた。スプリングがしっかりしていることに気づいて喜びながら、二人は並んでソファーに腰を下ろした。まだ十一時半にしかなっていなかった。スイス製ラビオリ〔元々はイタリア料理。硬質の小麦粉に、例えば卵黄、乾燥したほうれん草の粉末を加えてこね上げたワンタン状の練り皮に、ひき肉、野菜、チーズなどを詰めてゆでたもの〕の缶詰を昼食用に温めるまで、まだたっぷり一時間はあったのだが、

「これ以上待たずにケーキを切りましょうよ」

と、ベスが言い出した。ピンクと白の糖衣が着せてある、豪華なフルーツケーキだった。缶に入れてあったから、何週間かもつだろう、と思われた。ベスの娘のアニーが、プリマス〔イングランド南西部デヴォンシャー。イギリス海峡に臨む実名の港町。一六二〇年、メイフラワー号が米国へ向かって出帆した港がある〕からお祝いに送ってくれたケーキだった。

消化不良にならないよう、薄く切って、ゆっくり食べた。しばらくしてから、

「ねえ、ハローさん、僕たち、とうとう結婚してしまいましたね」

と、トマスが言った。

そよ風に揺られる花のように、ベスはこのところ絶えることなくうなずいていたが、今度はこれまでよりももっと大きくうなずき、トマスの言葉に同意していることを伝えた。明日はアニーのケーキに入っているラム酒のお返しをしよう、とベスは思っていたし、また、午後に予定している戸棚の家庭用品整理のことを思い浮かべると、楽しくてならなかった。もう一度自分の台所が持てる――これまで全く体験したことのない思いだったが、心地よい思いだった。


トマスとベスは、サンセット・ホームで出会った。トマスは、ベスが地方のホームからやって来る数年前に、そこに入っていた。ベスは未亡人になったばかりで、とても無口だった。テレビを囲んで半円形に並べられている椅子――ベスに割り当てられた椅子からずっと離れていた――から見ていると、トマスは、ベスがそこに来ている大部分の年老いた女性たちより器量がいいということに、気がついた。ベスの顔は優しく、目元は生き生きしていたけれども、つい最近夫を亡くしたばかりだったので、その目はもちろん、かき消すことのできない悲しみに覆われていた。

数か月間、二人は言葉を交わす機会がなかった。すると、ある土曜日の午後、《今日の一番》

〔「モート」三七頁の割注参照〕の途中で、トマスの隣に座っていた老人が目を閉じ、息を引き取った。一同は、一人残らず、ショックを受けた。隣人の死には慣れっこになっていたけれども、現実の死を目の当たりにすると、うろたえてしまったのだった。その日、無神経に鳴り響くベル〔作者によると、当時、老人ホームではハンドベル（handbell）が使われていた。ティー（次の割注参照）の時間を知らせる振鈴〕の音を聞きながらティー〔アフタヌーン・ティーのこと。午後を半ば過ぎたころ出される軽い茶菓。通常、紅茶にサンドイッチ、スコーン、ケーキなどが添えられる〕をいただきに行っているとき、ふと気がつくと、トマスは口が震え、目は涙で一杯になっていた。ウィリアム・ベストとトマスは、七年間、隣り合わせの椅子に座ってきた。二人がそれぞれに相手をよく知り合おうとする努力をしたことはあまりなかったけれども、互いに沈黙を守っていても、それだけで結構居心地が良かった。時々、互いが口に出す言葉にうなずき合ったり、袋のお菓子を分け合ったりしていた。

うろたえていたので、トマスは自分の肘が引っ張られていることに気がつかなかった。足元が少しぐらついた。引っ張っていたのは、ベス・ソーパーだった。まだ悲しそうに見える、例のきれいな老婦人だった。トマスは、足を踏ん張りながら、バランスを取り戻した。

「午後お亡くなりになられるとは、お痛ましいことです。分かりますわ――ベストさんへのあなたの思い」

と、ベスが静かに言った。

「悲しいことです」

と、トマスは答えた。するとそのとき、トマスの頭に名案が浮かんできた。〈ベスにウィリアムの場

所に来てもらうといい。ベスに隣の肘掛け椅子に座る人になってもらうといい〉

「あなたがあの方の椅子に引っ越してくださると、ありがたいのですけど。でないと、誰か新しい人が押し込まれてしまうでしょうから。誰が隣に来るのか、全く分かりませんからね」

ベスはほんの一瞬考え込んだ。それから、

「よろしゅうございます。お茶を頂きましてから、ひざ掛けを移しましょう」

と答えた。

その後のトマスとベスは、互いにぴったり寄り添っていた。食堂でも、ベスはベストさんの席に越してきた。そして、二回目の食事をとるころには、ベスが砂糖をスプーンで二杯紅茶に入れるということが分かったので、トマスは、ベスに尋ねなくても、スプーンで二杯砂糖を入れてやった。ベスは胸を打たれた。トマスは思いやりのある、穏やかな人だったが、面倒を見てあげる人が一人もいなかった。しばらくすると、ベスがトマスの靴下を繕《つくろ》ってあげたり、靴の紐《ひも》を結ぶのを忘れないように、とトマスに言ってあげたりするようになった。天気がいいと、日曜日には地元のパブに出かけ、一緒に一杯飲んだ。水曜日がやって来ると、二人は郵便ポストまで歩いていった。毎週火曜日の夜、ベスはアニーに手紙を書き、トマスは月に一回、オーストラリアにいる息子のアランに手紙を書いていた。お返しのニュースが二人に届くことはあまりなかったけれども、二人の共通の思い出が、手紙や訪問客の欠如を幾らか償ってくれた。

トマスとベスの付き合いはとても慎《つつ》ましいものであったけれども、ホームのほかの人たちに気づかれてしまった。二人は《お若い恋人さん》として知られるようになり、公然と冷やかされて顔を赤くすることが時々あった。暫時《ざんじ》の安らぎを求めて、テレビ室から一緒に小さなラウンジへ出ていくと、それが大きな憶測の種となり、夕食時にからかわれた。

「お若い恋人さん、またやっていらっしゃるんですか？　この調子だと、早死にしちゃいますよ」

と、一味のリーダーであるアリスが、しゃがれ声でよく言っていた。

あたり一帯に笑い声が起こり、スープがゆらゆら揺れながら、せせらぎのように、あごを切れ目なく流れ落ちていった。ベスはひそかに、アリスは下品だ、と思った。所詮《しょせん》、生涯を魚市場で過ごしたのだから無理もない、と思っていたのだが、アリスの嘲《あざけ》りにどう対応したらいいのか、迷っていた。当惑した笑みを浮かべているベスに気づいたトマスは、テーブルの下から筋張った腿《もも》を伸ばし、ベスの腿に触れた。ベスはそれで慰められていた。

クリスマスの前夜、二人が毎晩湯たんぽにお湯を入れている共同の流し場で、トマスはベスに求婚した。あたりには誰もいなかった。蛇口から滴り落ちる水の音と、薬缶《やかん》がごろごろ煮え立つ音しか聞こえてこなかった。カーテンのかかっていない窓からは夜空が見え、外の繁華街の反映で、その夜空が乳白色に染まっていた。

「ベス、残りの歳月を夫婦として一緒に暮らせるものなら、その方が賢明かもしれないと思っていたんだけど」

トマスは冷静だった。ぐらついていなかった。何年も前にウェストミンスター橋でジョゼフィーン・オライリーに求婚したときのように、決然としていた。

「そうですね。素敵だと思いますわ」

と、湯たんぽの栓を外しながら、ベスが答えた。

「お互いに健康状態がとてもいいから、ここを出て、小さなアパートを探すことができるんじゃなかろうか。独立できると思うけど」

「私もそう思いますわ」

こう答えたベスは、自分の家がもう一度持てると思うと、手が震えてきた。熱湯をこぼしたらいけないと思って、薬缶をテーブルに戻した。

「あなたに一晩じっくり考えてもらって、明日の朝、もっと話し合うことにしましょう」

と、思いやりのあるいつもの声で、トマスが話を続けた。

「ですけど、お断りするなんてことは絶対にありませんわ。一晩で私の心が変わるようなことはありませんから」

トマスに向かって、ベスは恥ずかしそうにほほえんだ。

「まるで少女みたいに聞こえるじゃありません！」

と言いながら、トマスはお湯が一杯入っている湯たんぽの栓を、関節炎にかかっている両方の手で、できるだけしっかり閉めてベスに渡し、額に口づけをした。それから二人は、廊下をそれぞれ別々の方向へ進んでいった。

クリスマスの贈り物として、トマスはカメオのブローチをベスにあげた。ベスは、義理の息子に編んでやっていた赤い靴下を、トマスにあげた。

「それに、指輪はどうしましょうか？」トマスが尋ねた。「指輪がないと、婚約はちゃんとしたものにはなりませんからね」

一九一五年の春、ドーセット〔イングランド南西部の州〕の教会で、ベスを妻とし、死が二人を分け隔てるまで離さない〔結婚式において、新郎新婦が唱える誓いの詞の中に含まれている文言。『英国国教会祈祷書』参照〕と約束しながら、クリストファー・ランドルフ・クレストが指にはめてくれた結婚指輪を、ベスはじっと見つめた。クリストファーはその約束を守ってくれた。もう一度結婚して（もちろん、違った性質の幸せではあるが）幸せになることを、クリストファーは喜んでくれるだろうと思ったけれども、ベスは今、その指輪を外したくなかった。その上、節々がはれ上がっていたので、引き抜くことはできないだろう、と思われた。再婚には少々きまりの悪い思いが伴うものであるが、ベスはそういう思いをほんのりと覚えていたのであった。ベスは新しいブローチを触ってみた。

「いいえ、指輪は結構ですわ、トマス。これで十分です――あなたが下さったもので。母が持っていたのによく似ていますわ。それに、どの道……」

ベスは両手を差し伸ばした。かつては長い、ほっそりした指だったところにできている、ごつごつした節を、二人はじっと見つめた。

「それじゃ、いいことにしましょう――今回は」

こう答えると、トマスは、相手の気持ちを思いやりながら、黙り込んでしまった。ベスはトマスに感謝した。

二人の婚約は長い間隠しておくことはできなかった。再婚を誰もが歓迎し、喜んでくれた。石鹸、煙草、便箋、鉢植えのヒヤシンスといった小さなプレゼントを、ティッシュペーパーにくるんで届けてくれた。マッジとアイリーンが公営アパート探しに取り掛かり、一つ見つけてくれた。天気のいい日には、ベスはトマスの蓄えに自分の蓄えの大部分を加えてバッグに入れ、これから必要になってくると思われる品物を買いに行った。

春の初めに、ベスは病気になった。ちょっとした風邪のせいだったのかもしれない。いつもの買い物に出かけているとき、いやな風に不意打ちをされたことがあった。とても興奮していたためだったのかもしれない。どちらなのか、誰にも分からなかった。しばらく静かにしておけば、すぐ元気になるだろう、と医者は言っていた。しかし、三月に予定していた結婚式は延期しなければならなかった。

首に回したビロードのリボンにカメオのブローチを付けて病床に伏しているベスは、ちょっと涙を流した。トマスはベスのそばに座り、ベスのハンカチに軽くオーデコロンをつけてやった。

「気にするんじゃないよ」

「だけど、気になりますわ、トマス」

「体力をつけることだけを考えるんだ」

「病気で一日以上寝込んだことは、今まで一度もなかったのに。牛のように頑丈だと、クリストファーは言ってましたわ」

「病気が治ったら、すぐ結婚しましょう」

ベスは少し元気が出てきた。アリスの甲高い声が廊下から聞こえてきた。

「私たちが何をしているのか、探りに来てますのね。一体、何を考えているのかしら?」

二人とも微笑を浮かべた。

完全に回復するまでには、ベスの想像を超える長い時間がかかった。しかし、夏の暖かさとともに体力がよみがえり、結婚式の新たな日取りが十月と決まった。そのころまでには公営アパートを手に入れて家具を運び込み、カーペットを敷き詰めた。結婚式の日は、朝早くから太陽が出ていた。後から降ってきた雨にはがっかりしたけれども、ちっとも気にしなかった。二人には、ほかに考えなければならないことが、沢山あった。これから先の歳月に備えて計画しなければならないことが、沢山あった。

ハロー夫人としての第一日は、あっという間に過ぎてしまった。台所の戸棚を整頓したり、（すぐに装いの新しさを失ってしまうことだろうが）自分のガスストーブの前に置いてある新しい肘掛け椅子でトマスがうとうとしている姿を見届けたり、夕食用のパセリソースに入れる肉を細かく刻んだりするのは、とても楽しいことだった。ソースには少し塊ができてしまったけれども、すぐにまた上手に作れるようになるだろう、とベスは思った。

夜更かしはしなかった。九時のニュースが終わると、浴室で代わる代わる服を脱いだ。それから二人は、感動せずにはいられない真新しいベッドに入り、パッチワークの掛け布団を胸のところまで引っ張りあげた。

「僕のこの考えは良かったと思うな」

「私もそう思いますわ」

と言って、ベスがにっこり笑った。

「最初の新婚旅行は、今度の旅行の半分もくつろげなかったよ」

「私も同じですわ」

トマスがため息をついた。

「ねえ、ベス、何年か前だったら……二、三年前だったら」

「そんなこと、考えないでください」

ヘアネットを手で触れながら、ベスはこう言った。

「どうしても考えてしまうんだ。だけど、老化した体はついていけないとしても、心が生き生きしていることはありがたいと思わないとね」

「私もそう思いますわ」

トマスはベスの手を取った。

「若いころは、ほんとに……無鉄砲なことをしたもんだよ」

「もちろん、そうに決まってますわ。さあ、明かりを消しますよ」

二人は軽く口づけをした。互いの息には、パセリソースとウェディングケーキの香りが、まだ残っていた。暗闇の中で、二人の足が絡み合った。

しばらくの間、二人は黙り込んだまま、耳を澄まして相手の寝息をうかがっていた。そして、たとえどんなに愛されていようとも、新たな連れ合いと並んで床に就くという、このめったに体験することのできない感動を、しみじみと噛《か》み締めていた。それから、トマスが口を開いた。

「ベス、付けたままじゃ、どうしても寝つかれないんだ……外したいんだけど、いいだろうか?」

「ベッドのそばに、水の入ったコップが置いてありますわ、あなた」

「やさしい、思いやりのある方だ、あなたは。ほんとに」

暗闇の中でトマスが体を動かし、腕をあちこち伸ばしているのがベスに分かった。水をはねる小さな音が、二回聞こえてきた。

「習慣を全部変えてしまわないと、幸せな結婚にはならないということはないよね、ベス？　この点についちゃ、ジョゼフィーンと僕は同じ考えだった」

それから急にトマスは眠り込んでしまった。仰向けになったまま、クリストファー・ランドルフ・クレストよりも大きないびきを、ごろごろかいていた。しかし、そのいびきにも慣れてしまうことだろう、とベスは思った。ベスはぐるっと体を回して横向きになった。一緒に暮らしながら次第に年を取っていくと、変化にはほとんど気がつかないものだ。次第に量を増していく昼間のミルクプディング、夜のベッドソックスとむき出しの歯茎など、習慣がいつ変わったのか、その時を正確に把握することはできない。心が落ち着かなくなることもない。しかし、連れ合いが変わると、老いていく体のちょっとした個人的な動きでも、深い思いやりがない限り、恥辱に近い気詰まりな思いを引き起こすものだ。トマスと一緒だったから、これ以上幸せな思いなど想像することはできなかったが、それでも、ベッドの自分のそばに置いてある、水の入ったコップに自分の入れ歯を入れたとき、あたりが暗く、トマスが寝ついていたことを、ベスはうれしく思った。それからすぐ、ベスも夫に続いて眠り込んでしまった。

後で考えてみたとき、アパートの切り盛りが想像以上に難しいということが分かり始めたのはいつだったか、ベスは正確に思い出すことができなかった。食事、買い物、後片付けの心配が何一つなかった、サンセットにおける座りっきりの生活に慣れっこになっていたベスは、活力に満ち溢れているような思いがしていた——実際、ほかにもっとすることはないのだろうかと、うんざりすることが時々あった。それにひきかえ今度は、何もかも自分で考え、自分で責任を負わなければならなくなったので、妙に疲れを覚えてきたのであった。もちろん、トマスはできる限りの手助けをしてくれた。買い物袋を持ち、食卓の用意をしてくれたけれども、夫が退職した以上、夫の世話をするのは妻の務めである、とベスは信じていたので、どうしても、トマスの思い通りに手助けをさせてやろうとはしなかった。その上、トマスはベスよりも年を取っていた。

ベスがこれまでずっと堅持し、新たな結婚生活においても続くと思っていた几帳面な日々のリズムが、次第に崩れ始めた。ふと気がつくと、ある朝ベスとトマスは十一時になっても部屋着のままだったし、前日の夕食に使ったものが、洗わないまま、流しに置いてあった。アイロンをかけなければならない衣類の山は、がっかりするほど高くなり、冬の日差しは家具の天辺に積もったほこりをさらけ出していた。買い物に出かけると、寒気が手袋からしみ込んできて、関節炎にかかっている手が痛んだ。缶詰を開けたり、栓を閉めたり、ボタンをかけたりすることが、難しくなってきた。雨が降ったり、激しい風が吹いたりする日は、ベスもトマスも、夕食の買い物に出かける勇気が湧いてこなくなった。二人はジャムをつけたパンで間に合わせたが、次の日の朝は、消化不良でひどい目に遭った。

マッジとアイリーンが、時々、二人を訪ねてきた。ベスはお茶を出し、アンジェリカの翼〔砂糖漬けにしたアンジェリカの茎を翼の形に切ってデコレーションにしたもの〕が付けてある、糖衣を着せたロールパンを買い、サンセットのニュースに興味深く耳を傾けた。マッジとアイリーンは心配しているように思われた。しかし、ベスとトマスは、独立した結婚生活はとても快適で、これ以上幸せなことはないから、何も心配することはない、と言って二人を安心させた。事実、その通りだった。どんなに居心地が良くても、施設の一部になるよりは自分たちだけの我が家を持つということは、老齢期においては見事な快挙であった。口には出さなかったけれども、トマスもベスも、自分の家で一生を終える心積もりを、ひそかに固めていた。

二人はセキセイインコを一羽と、窓に飾るサボテンを一《ひと》まとめにして沢山買い込んだ。今では、パブよりも、自分たちのソファーに掛けて飲みたい、と思うようになっていたシェリーかブランデーを、時々、小さなグラスで一杯、奮発して張り込んだ。二人は子供たちのこと、過去のこと、サンセットの変わり者のことなどをちょいちょい話題にしては、ひそかに満足感を覚えていたが、それと同時に、ベスが疲れ果てている兆候も、辺り一面に立ち込めてきた。時々、トマスの昼食や夕食に何を出したらいいのか、心配しすぎて夜眠れないことがあった。明くる朝は、頭痛に見舞われた。関節炎のため、ベスはもうペーストリーが作れなくなっていることに気がついた。それなのに、ずいぶん長い間、自分はとても上手にペーストリーを作ることができる、とトマスに話してきていたのであった。証拠を見せることはできなかったけれども、もちろん、トマスはベスの言葉を信じていた。しかし、失意のあまり、ベスは気が滅入ってしまった。

それから、その年の初雪が窓に染みをつけ始めたある朝のこと、ベスは自分が起き上がることができないことに気がついた。体がとても衰弱し、自分の気持ちを説明することができないほど弱りきっていた。トマスはお茶を入れてやり、昼食用にビスケットを持っていってやった。しかし、ベスは一日中床に就いていた。

その日の夜、胸一杯に激痛が走り、ベスは大きなうめき声を上げた。トマスは目を覚ました。ベスを一目見ると、厚手のオーバーコートを引きずりながらパジャマの上に引っ掛けて階下へ下り、公衆電話ボックスへ駆けつけて救急車を呼んだ。ベスは病院へ搬送された。心臓発作ということだった。

マッジとアイリーンが、何もかもとてもよくしてくれた。ベスの体調が良くなったら、二人がサンセットへ帰ってくるための場所を間違いなく確保しておきます、とトマスに伝えた。トマスは反対した。自分たちのアパートに帰りたくてたまらなかった。自分が家事を以前よりも沢山受け持つ、と言ってきかなかった。ホームヘルパーを探すことができるだろう、とも言った。だが、医者は譲らなかった。ベスには専門的な治療が必要だった。

そういう訳で、トマスはベッドが二つ置いてある、サンセットの新しい、明るい部屋へ戻ってきた。公営アパートに運び込んだ新品の家具、新品のカーペット、新品のカーテンなどの売却計画は、マッジとアイリーンに任せた。トマスはマッジとアイリーンから高額の小切手を受け取ったが、ちっともうれしくなかった。ベスのために、バラと、ベスの大好きな色であるブルーの、素敵なショールを買った。ベスがドーセットのことを思い出す縁《よすが》となってくれるようにという願いを込めながら、田舎の村の絵も一枚買った。来る日も来る日も、バスで約一時間かかる病院まで、トマスは見舞いに行った。しかし、見舞いと見舞いの間は、時間の経《た》つのが遅かった。

十日も経たないうちに、ベスは帰ってきた。回復しているように思われた。しかし、安静にしておくよう、ベスは再度指導を受けていたのであった。そのため二人は、同情的な表情を浮かべているほかの人たちから離れ、一日の大部分を自分たちの部屋で過ごした。二人には二人だけのテレビがあり、セキセイインコがいた。ほかの人たちからも、親切にしてもらった。しかし、それにもかかわらず、二人は自分たちのアパートに住めないことが寂しくてならなかった。

ある日の夕方、トマスはベスの顔色が嵐の空の色のように暗くなっていることに気がついた。ベスの目は、初めて会ったときのように、悲しそうな色を浮かべていた。ベスはアパートで一緒に過ごした時のことを話し出した。しかし、トマスにはっきり分かったことだが、ベスの意識は少し混乱していた。ベスは、アパートで何年も過ごした、と思っていたのであった。実際に過ごした期間は、六週間そこそこだった。

しかし、トマスはベスに逆らうようなことはしなかった。過去のことを話すのが、ベスにはうれしそうに思われた。どういう訳か、二人の過去がクリストファー・ランドルフ・クレストと一緒に過ごした、もっと長い歳月に取って代わっているように思われたし、またベスは、すっかり良くなったら一緒にアパートへ帰り、二人の独立した生活を続けることができるのだということを、トマスにはっきり言ってもらいたがっていた。

「すべてが私たちを待ってますわ――出てきたときのままの姿で。ほんの二、三週間ね。ほこりがたっぷり積もるころは、帰ってますのね」

トマスは事の次第を穏やかに打ち明けた。

「あのアパートは駄目なんだ。帰れないいんだ。あのね、あなたが病気になったから、あそこは諦《あきら》めなくちゃならなくなったんだ。だから、僕たちはここに帰ってきてるんだ。だけど、もう一つ別のアパートを見つけることができるさ。簡単なことだよ。たぶん、同じ棟にね」

「まあ、うれしい。素敵でしょうね」

「ほんのちょっとの辛抱さ。僕たちに必要なのは、それだけだよ」

そのときトマスは、自分の心も混乱している、ということに気がついた。もう一度アパートに住むことが、本当にできるようになるかもしれない、とトマスは思ったのであった。心臓発作の後でも、ちっとも気力を失うことなく、アパートの切り盛りをうまくやっていくことができると、ベスが確信しているように思われた。トマスはベスを信じていた。ベスだったらやってのけることができる、と確信していた。トマスは、ポケットから小さな包みを引っ張り出し、

「これを」

と言った。

「まあ、トマス、こんなこと、なさっちゃいけませんわ」

ベスは手を震わせながらその包みを開いた。バラの花をちりばめた、小さな磁器の壺が入っていた。

「ヘアピン用に」

と、トマスが言うと、ベスは微笑を浮かべた。肌の色はどんよりしていたけれども、夕陽を浴びたベスは美しく見えた。

「わたし、ほんとに甘えてしまいますわ。わたしへの求愛をもう一度やり直していらっしゃるみたいじゃありません?」

トマスは頭をかいた。

「いろいろ計画を立てる前の求愛時代のようだね。これから立て直さなくちゃならない計画は、もっと沢山あるよ」

その計画がどういうものなのか、トマスにはよく分からなかったけれども、いつかベスの健康が回復したら、おのずから整ってくるのではなかろうかと、トマスは妙な確信を抱いていた。

ベスはブルーのショールを肩の周りにぴったり引き寄せた。トマス・ハローに貰って首に掛けているカメオのブローチと、クリストファー・ランドルフ・クレストに貰って指にはめている結婚指輪を触ってみた。ベスには、全員がその部屋に集まっているように思われた。将来のために、全員が再会しているように思われた。

「二、三日したら、わたし、お店に出かけて見て回れるのね。そうなるまで、待っててくださいね」

と言いながら、ベスは暗くなっていく空に向かってうなずいた。

「わたし、今夜は少し疲れてるみたい。だけど、明日は必要な品物の一覧表を一緒に作りましょうね……トマス・クリストファー」

そして、

「あなたは優しい方ですのね」

と付け加えた。

トマスはベスの手を軽くさすった。ベスが自分の名前を先に言ってくれたこと、二人がやらなければならないことについて、ベスが自分と同じ考えを持っていること、それから、自分たち二人が夫婦になっていることを、トマスはうれしく思った。夕食を知らせるベル〔一六四頁「ベル」の割注参照〕の音が聞こえてきたが、ベスは眠っていた。ベスの眠りを乱したくなかったので、片方の手をベスに握らせたまま、ベスが元気を取り戻して目を覚まし、美しい目でもう一度自分にほほえみかけてくれるのを待ちながら、トマスは身じろぎ一つせず、ベスのそばを離れようとしなかった。

訳者あとがき

今は変色してしまっているけれども、学生時代、手元に置いて使っていた日記帳や雑記帳をめくってみると、そこに書き残されているものは、その大部分が、当時の私が抱えていた、若者らしい問題や悩みを雑然と書き綴った言葉や、その問題や悩みに解決の糸口か慰めを運んできてくれるに違いない、とそのころ思っていた先賢たちの言葉である。その中に、アナトール・フランスの次の言葉がある。

私は人生を責めはしない。人生は他の幾多の人々に与えたような痛手を私には負わせなかった。それどころか、時として偶然に私を愛撫してくれさえしたのである。人生はひどく冷淡なものではあるけれども！　私から奪ったり、私に拒んだりしたものの代わりに、人生は私に数々の宝を与えてくれたが、それらの宝に比べると、私が望んだものはすべて灰にすぎず、煙にすぎなかった。

アナトール・フランスが人生から与えてもらった「数々の宝」とは、一体、何だったんだろう。どういう訳かは分からないが、私のノートには、「数々の宝」という概念によって象徴されているものの実体を解き明かしてくれる言葉が、どこにも記録されていない。

アナトール・フランスの言葉を読み返す度ごとに、この問いは、いつも、私の脳裏に絡みついてきた。いつかは答えを探し出そうと努めながら、とうとう、与えられた人生の大部分を費やしてしまった。しかし、このあたりで、何とか自分なりの答えを出したい。確定的な答えとは言えないかもしれないが、少なくとも、答えの在《あ》り処《か》を示唆してくれるのではあるまいか、と思われる八編の短編小説を、ここに集めてみた。

八編の物語には、それぞれの出会いと、その出会いが生み出したものを失わなければならない別れ、更に、その別れが棚引かせている心の息吹きが描かれる。残されたその息吹きの残響に耳を傾ければ、アナトール・フランスが「私」を「愛撫」してくれた「数々の宝」と呼んでいるもの——人が人として生きていくために、最低限確保されなければならないもの——の姿が、読む者の心に深々と刻み込まれていくように思われる。

私見を語ることを許していただけるなら、人生にはその存在が愛《いと》おしく思われるものが、幾つかある。この愛おしく思われるものこそ、私たちの人生を「愛撫」してくれるもの、私たちに生きる勇気と力を与えてくれる「宝」であるはずだ。しかし、その存在に確《しか》と気がつくのが、多くの場合、それが自分たちの手に届かないところに行ってしまったときであるのは、皮肉なことだ。これが人生の決定的な現実であるからやむを得ない、と言ってしまえばそれまでだ。しかし私は、勇を鼓舞して一瞬足を止め、アナトール・フランスのいう「数々の宝」の中の一つでもいいから、その「宝」の放つきらめきを浴びる努力をしてみなければならない、と思っている。

『創世記』第一章によると、鳥獣は人間に支配されるものとして創造されている。しかし、この短編小説集に登場する海鵜と鹿は、無論、聖書的な支配・被支配という視点から描かれてはいない。海鵜と海鵜の出会いと別れ、人と鹿の出会いと別れは、人と人の出会いと別れが描かれているその他の作品と同じ木霊を、読者の心に残す。人が人為的に作り出している諸々《もろもろ》の社会的な仕組み、その仕組み中で人が求めがちな出来合いの価値に加えて、人として回避することができない先天的な性《さが》と老化という宿命が遍在しているこの世界で、超越的な不変の価値を探し当て、探し当てたその価値をひるむことなく守り抜くのは、容易なことではない。ここに編集した短編には、人間本来の尊厳を形成してくれる愛おしいものが、心を寄せるべき尊い価値として語られている。人のアイデンティティを保障し、人に生きる喜びと力を与えてくれる究極の価値――人生の雑踏の中で見失われがちな、この究極の価値に、読者の心の目を手繰り寄せてくれるのではあるまいか。人が人である自分を欺くことなく、自分と同じ人である他者に深い思いやりと労わりを寄せながら、辺幅を飾ることなく、ひたすら誠実に生きていくことを希求する息吹きの残響が、大切にしなければならない「宝」の隠れ家を、我々に気づかせてくれるのではあるまいか。

目を閉じながら脱稿という決断を下したこの拙訳は、多くの方々のご助力に支えられている。基礎的な文献調達に惜しみなく力を貸してくださった福岡女学院大学図書館の司書ご一同、海鳥の生態について専門的な知見をお示しくださった北海道海鳥センターの石郷岡卓哉様、イディッシュ語についてご助力くださった福岡大学教授上田和夫先生と長崎大学名誉教授添田裕先生、上田和夫先生の所在をご教示くださった駐日イスラエル大使館文化部の内田由紀様、バルバドスの文化について啓蒙的な情報をご電送くださった在バルバドスのウェイン・ハロルド・カートン名誉総領事、同名誉総領事との折衝にあたり、仲介の労をご快諾くださった外務省中南米局カリブ室の山崎明子様と在トリニダード・トバゴ日本大使館の中居みちる専門調査員、私の質問に英国から快くお答えくださったばかりではなく、「最後の愛」の翻訳と出版を無条件でお許しくださったアンジェラ・フース女史、伝記に関する直近の資料をお送りくださった福岡アメリカンセンター・レファレンス資料室の野田朱実様（現在米国大使館レファレンス資料室）とカグノ麻衣子様、今なお活躍中の英国作家について貴重な資料をお寄せくださった在大阪英国総領事館の小林泉美様、拙訳書のために推薦書を認めてくださった北九州市立大学大学院教授木下善貞先生、及び、出版作業を進めるにあたり、細心のご助言をお寄せくださった九州大学出版会編集部長永山俊二様には、幾ら感謝しても、感謝し尽せるものではない。

平成二十二年　師走

訳　者

初出一覧

「コルドール」 Macken, Walter. *The Coll Doll and Other Stories*. London : Gill and Macmillan, 1969.

「傷ついた海鵜」 O'Flaherty, Liam. *The Short Stories of Liam O'Flaherty*. London : Jonathan Cape, 1937.

「モート」 Woodford, Peggy, ed. *You Can't Keep Out the Darkness : An Anthology of Short Stories*. London : Bodley Head, 1980.

「メイマ＝ブハ」 Sonntag, Jacob, ed. *The Jewish Quarterly*. London : Jewish Literary Trust, 1953. (Cf. Fainlight, Ruth. *Daylife and Nightlife*. London : André Deutch, 1971.)

「恐怖時代の公安委員」 Hardy, Thomas. *A Changed Man and Other Tales*. London : Macmillan, 1962.

「白い鹿」 Schulberg, Budd. *Some Faces in the Crowd*. New York : Random House, 1953.

「ミルクマーケットの出会い」 Collymore, Frank A., A. N. Forde and L. E. Brathwaite, ed. *BIM*. Vol.12, No.45 (July-December). Barbados : Young Men's Progressive Club, 1967. (Cf. Wickham, John. *Casuarina Row*. Belfast : Christian Journals Limited, 1974.)

「最後の愛」 Huth, Angela. *Monday Lunch in Fairyland and Other Stories*. London : Collins, 1978.

訳者について

小田　稔（おだ みのる）

九州大学大学院文学研究科英文学専攻修了。福岡教育大学名誉教授・福岡女学院大学名誉教授。昭和43年度文部省在外研究員として連合王国へ、昭和59年度文部省内地研究員として九州大学文学部へ出張。昭和34年度文部省科学研究費交付金（奨励研究）。平成元年度文部省科学研究費補助金（研究成果公開促進費）。平成11年度私立大学等研究設備整備費等補助金（私立大学等研究設備等整備費・文部省）。

著・訳書

『トマス・ハーディの小説における性格描写と運命形象』（単著：学書房）。『20世紀小説の先駆者 ── トマス・ハーディ』（共著：篠崎書林）。*Thomas Hardy: An Annotated Bibliography of Writings about Him Volume II 1970–1978 and Supplement for 1871–1969*（共著：北カロライナ大学出版局）。『トマス・ハーディ ── 翼を奪われた鳥』（単著：篠崎書林）。『コーンウォル王妃の有名な悲劇』〔単訳：詩劇・本邦初訳。トマス・ハーディ短編全集第五巻『チャンドル婆さんとほかの物語および詩劇』（大阪教育図書）に収録〕。『小説家ハーディ ── 批評の試み』（共訳：日本図書館協会選定図書・郁朋社）。

英・米・アイルランド短編小説集

残《ざん》響《きょう》

2011年3月31日　初版発行

訳　者　小　田　　稔

発行者　五十川　直　行

発行所　(財)九州大学出版会

〒812-0053 福岡市東区箱崎 7-1-146
九州大学構内

電話　092-641-0515(直通)

振替　01710-6-3677

印刷・製本／大同印刷㈱

© 2011 Printed in Japan

ISBN978-4-7985-0044-7